AVEU DE FAIBLESSES

FRÉDÉRIC VIGUIER

AVEU DE FAIBLESSES

roman

ALBIN MICHEL

Je suis laid, depuis le début. On me dit que je ressemble à ma mère, qu'on a le même nez. Mais ma mère, je la trouve belle. Elle est courageuse, si différente de moi.

Ma mère, elle travaille à la Sécurité sociale, elle remplit des feuilles administratives qui parlent de la maladie des autres. Ma mère n'est jamais malade, ou alors elle ne le dit pas. Elle n'est jamais fatiguée, ou alors elle ne le montre pas. Ma mère ne se repose jamais, même pas en vacances. En vacances elle fait la cuisine, elle s'occupe du jardin, elle s'occupe de moi, et surtout, elle fait de la sculpture. Ma mère, elle sculpte des animaux. Des animaux qu'on rencontre dans nos campagnes : des lapins, des souris et des chats. Elle leur met une branche de romarin, ou de tout ce qui pousse dans le jardin, dans la bouche, et ensuite, avec ses sculptures, on beurre nos tartines. Ma mère fait des animaux dans du beurre. Ses lapins, ses chats ou ses souris sont jaunes, mais ils sont très ressemblants. Mon père lui dit qu'elle devrait essayer de sculpter la pierre, ou le bois, ou tout ce qu'elle voudra. Mais ma mère ne veut pas essayer. Alors elle continue d'acheter sa dizaine de mottes de beurre par semaine, et elle sculpte toujours le même lapin, toujours la même souris et toujours le même chat. Mon père, il dit que ce n'est pas bon pour la santé, tout ce beurre qu'on est obligés de manger. Mais moi je ne l'écoute pas, et tous les matins, et tous les soirs, j'étale les sculptures de ma mère sur des morceaux de pain, qu'elle a grillés avant.

Ma mère a une autre passion. Elle collectionne les étiquettes qui sont collées sur les couvercles des boîtes de fromages, avec une prédilection pour celles des camemberts. Elle dit, à ceux qui lui demandent comment elle occupe ses dimanches, qu'elle fait de la tyrosémiophilie. Tout le village pense que c'est une maladie et moi je fais comme ma mère. Mon père, il ne trouve pas ça bon pour la santé, tout ce fromage qu'on est obligés de manger. Alors moi, pour faire plaisir à tout le monde, dès que l'école est finie, je vais fouiller dans les poubelles, pour trouver des couvercles de camembert, pour que mon père ne me reproche pas de manger trop de fromage. La vérité est là, maintenant je le sais. Si ma vie a changé, si mon destin a basculé dans un territoire vraiment pas fait pour les gars dans mon genre, un territoire de lutte, un territoire où le plus fort a toujours le dernier mot, même quand le plus faible parle mieux, c'est à cause des couvercles de boîtes de fromages. Mais ce n'est pas pour ça que je vais commencer à en vouloir à ma mère et que je vais cracher sur la tyrosémiophilie. Ce n'est pas à cause d'elle. Ce serait plutôt la faute de mon père, s'il n'avait pas fait de remarques concernant tout le beurre et tout le fromage qu'on mangeait, je ne me serais jamais retrouvé dans la rue, à 19 heures, et ma vie serait restée la même. Et j'aurais grandi, malgré les moqueries, et j'aurais travaillé, même si je ne sais rien faire, et j'aurais vieilli, avec peut-être à mes côtés une femme aussi laide que moi et des enfants qui lui auraient ressemblé. Ou peut-être pas, peut-être que j'aurais vieilli seul, dans la maison de mes parents, et que j'aurais enterré mon père et beaucoup pleuré ma mère, peut-être que je serais mort seul, avec mes deux copains d'enfance à mon enterrement, les deux seuls types qui sont aussi laids que moi, et qui me disent qu'un jour ils partiront du village, mais qui ne partiront pas, je le sais maintenant, puisque ce qu'il y a de plus fort que le courage, c'est de ne pas se sentir capable de changer de vie, puisque l'on ne peut pas changer de tête. Depuis le début on se fout de mon nez, qui est trop long, et de mes jambes, qui sont tordues, et de mon ventre, qui est gros, et de mes cheveux, qui sont trop roux, et de moi, qui ne parle jamais. On me regarde avec dégoût. Plus tard, en plus du regard, il y a eu les mots. Ensuite, en plus des regards et des mots, il y a eu les coups.

J'ai attiré très jeune la haine, le mépris, l'aversion, tous les ingrédients de la passion inversée. Dès la maternelle, ma mère a décidé que je devais être le garçon le mieux habillé, j'étais déguisé. Elle m'habillait comme si j'allais au bal, le genre d'événement qui n'existe pas, sauf dans les contes pour enfants. Les maîtresses se fichaient de moi, et les garçons me poussaient dans la boue, ou déchiraient mes habits. Moi, je ne résistais pas, j'étais d'accord avec eux, je ne méritais pas ce que je portais. Ma mère était persuadée que c'était moi qui me jetais dans la boue, ou qui déchirais mes chemises, mes pantalons, mes vestes et mes manteaux. Elle m'a donc habillé autrement, moi ça m'allait mieux. J'ai bien senti que ma mère était un peu triste que je ne sois pas aussi beau que ce qu'elle aurait aimé, alors je ne lui ai pas dit que c'était mieux pour moi, d'être mal habillé, que cela me convenait, peut-être parce que je n'ai pas voulu ajouter de la tristesse à sa tristesse.

Elle a pensé, un temps, m'inscrire dans un institut qui venait d'ouvrir, grâce à l'argent de l'Europe. C'était une école expérimentale, qui ne coûtait rien aux parents, et dont l'objectif était de mieux s'occuper des enfants ayant une « sensibilité exacerbée et donc potentiellement aptes à la pratique d'une activité artistique », c'est ce qui était écrit sur la brochure de présentation. L'expérience n'a pas duré longtemps, je parle de la mienne, et j'ai très vite retrouvé l'école maternelle communale, et tous les garçons qui avaient perfectionné leurs sarcasmes, pendant que moi je n'avais pas évolué. Dans cet institut, un soir par semaine, on nous faisait dormir dans un dortoir, cela faisait partie du protocole. Un soir par semaine je me croyais orphelin, abandonné, et donc je pleurais. Après quelques mois, on me faisait dormir loin du dortoir, loin des autres, au motif que je dessinais dans les cahiers de mes copines des têtes de souris écrasées. Comment pouvait-on savoir qu'il s'agissait de têtes de souris écrasées ? Je dessinais en effet un semblant d'amas, mais rien qui fasse penser à des têtes de souris écrasées. Le monsieur de l'institut m'avait demandé : « Pourquoi dessines-tu des têtes de souris écrasées sur les cahiers d'expression française de Noémie et Odile ? » Je me souviens que je lui avais répondu : « C'est pas des têtes de souris écrasées, c'est des fleurs fanées. » Je ne suis pas resté longtemps dans cet institut. Je ne saurai jamais si c'est ma mère qui a jugé que j'avais une sensibilité bien trop « exacerbée » ou si c'est le monsieur de l'institut qui a jugé que le problème n'était pas d'avoir une sensibilité, mais de savoir quoi en faire. Je ne le saurai jamais, car le jour où j'ai demandé à ma mère : « Pourquoi je ne vais plus à l'institut ? », elle m'a répondu : « Quel institut ? » Et comme je me demande souvent si ce que je suis est possible, et si j'existe vraiment, et si tout ce que je vois n'est pas la preuve que je ne fais que rêver, je ne lui ai plus jamais posé de questions au sujet de l'institut.

Au lycée, j'essaye de ne pas m'occuper de mes camarades, de négliger leurs brimades. Je ne réplique jamais, comme si j'admettais que mes bourreaux avaient raison, comme si j'étais d'accord avec eux. Je me dis que je ne mérite pas mieux que leur mépris, puisque personnellement je me méprise. La différence, c'est que je m'accepte, et qu'eux me rejettent. Je ne veux penser qu'au temps qui passe, mais le temps passe et ma situation ne s'arrange pas. Alors, avant de franchir les portes de l'établissement, je me prépare, je cherche à ignorer ce que l'on me fait subir, mais c'est tellement difficile de simuler le mépris, quand on n'a que sa figure pour se protéger des autres. Un jour, j'ai pris conscience que les années avaient passé, sans que l'on me prévienne, et que le souvenir de mes espoirs de rédemption s'était estompé, au même rythme que la transformation de mon visage. La laideur s'était définitivement imposée et l'ensemble de mon corps n'avait pas résisté au processus.

J'ai seize ans, j'ai l'âge qui autorise à se passer de l'affection de ses parents, mais je n'ai aucune envie de me passer d'eux. Je n'ai jamais parlé à une fille, à cause de ce que me disent tous les garçons, alors je regarde beaucoup. C'est ma mère qui se fait des idées, elle veut que je garde l'espoir que tout va changer, puisqu'elle me le dit, que je ne suis pas comme les autres. Ma mère me le répète souvent, jamais devant les gens, jamais devant témoins, que je suis un être supérieur, et donc différent, et qu'il faut que je sache que les génies ne sont pas acceptés tout de suite, qu'il leur faut du temps, pour faire du rangement dans leur cervelle, avant de révéler ce qui les constitue. Quand je demande à ma mère dans quel domaine je suis un génie, elle me répond qu'on a le temps de le savoir, qu'il faut être patient. Je lui parle de Mozart, qui n'a pas attendu, lui. Alors elle me sourit, peut-être parce que c'est le seul nom que je connaisse, et elle me répond : « Tu préfères souffrir encore quelques années avant d'être reconnu ou tu préfères mourir à trente ans, pauvre et sans tes parents à tes côtés, comme Mozart ? » Évidemment qu'elle a raison, tous les génies ne sont pas précoces, pour certains, parfois, ça met du temps à se déclarer. Peut-être même que cela ne se déclare jamais, et celui qui aura souffert toute sa vie aura souffert pour rien. J'aimerais connaître la vie d'un tel homme, savoir comment ça se supporte, une vie qui fait souffrir pour rien. Je me demande si c'est un sujet qui a déjà été étudié, la souffrance inutile. Je me demande si ce n'est pas une forme de destin, le genre de chose qu'il faut accepter, et contre laquelle il n'y a rien à faire. Je lui demande, souvent, à ma mère, quand est-ce que mon talent caché va enfin se révéler. Ce n'est pas que j'y croie, mais quand je lui parle de ça, j'ai l'impression que ma mère est contente. Alors, elle fait semblant de ne pas avoir envie de me répondre, comme si ma question était inutile, comme si le dévoilement de mes capacités cachées était une question de minutes, et qu'il fallait que je cesse d'être impatient, impatient comme un enfant gâté. Dans ces moments-là, elle me dit gentiment d'arrêter de lui poser des questions, et de finir de manger ma tartine de beurre, avant que mon père n'arrive, parce qu'il ne va pas aimer me voir encore en train de manger du beurre. Mon père ne me reproche pas seulement de manger trop de beurre ou trop de camembert ; il me reproche aussi d'être trop gros. Je sais qu'il a raison, mais je ne fais rien pour changer, puisque ma mère ne semble pas me reprocher d'être gros.

Avant de rentrer chez moi, le fameux jour où ma vie a basculé, j'avais décidé d'aller faire un tour dans la zone industrielle, qui se situe derrière un gros talus avec plein de fossés, dans lesquels les gens jettent ce qui ne rentre pas dans leur poubelle. Je suis passé devant le nouveau lotissement, qui est occupé par des gens qui ne sont pas du village. C'est un ramassis d'une dizaine de villas modernes, qui ont des vitres plus larges que hautes et des façades sans volets, avec, garées devant les portails, des voitures que l'on n'a jamais vues dans le village. Les villas sont toutes équipées de toits brillants qui gardent pour elles les rares efforts du soleil, c'est ce que mon père a expliqué à ma mère : « Ils se croient les patrons partout, même du ciel, ils transforment les rayons du soleil en énergie, comme si le soleil était à eux. » Mon père, il est comme les autres gens du village, il n'aime pas ceux qui ne font pas comme lui, mais il aimerait vivre autrement.

Après le nouveau lotissement, quand on vient du village, et que l'on quitte la route goudronnée, on arrive au pied du talus ; et derrière, c'est un autre paysage qui se cache, que je connais, et qui me permet de ne plus penser aux brimades du lycée.

C'est en revenant de l'école que j'avais escaladé le monticule de terre. J'avais déchiré le bas de mon pantalon dans les ronces, et j'étais descendu de l'autre côté en direction de la grosse usine dans laquelle travaille mon père. Ce n'est pas parce que mon père travaille chez Boulonex que j'avais choisi cette usine, mais parce que les employés de la cantine rangent les poubelles derrière un mur de ciment qui me permet de fouiller sans être vu.

Dans l'usine de mon père, ils sont nombreux à travailler. Je ne sais pas trop ce qu'il boulonne, mon père, mais ça ne doit pas être très rigolo, vu qu'il n'en parle jamais à la maison. Il en parle sûrement quand il va au bar, mais comme je ne vais jamais au bar, je ne pourrais pas dire. L'intérêt de fouiller dans les poubelles de l'usine, c'est que mon père et tous ses collègues de travail mangent à la cantine, ce qui me permet de récupérer beaucoup de boîtes de fromages. La cuisine de la cantine doit être bonne puisque mon père, qui vit pourtant à cinq minutes de son travail, préfère ne pas rentrer manger à la maison. Parfois, je me dis que c'est peut-être à cause de tout le beurre que ma mère rajoute dans les plats. Parce qu'il est évident que mon père est amoureux de ma mère. Il n'a, par exemple, jamais frappé ma mère, contrairement au père de Bruno, un de ceux qui se moquent de moi, et qui est très fier de raconter à tout le monde que son père est un costaud et sa mère une salope.

Je suis revenu chez moi très content. Comme prévu, j'avais trouvé une vingtaine de couvercles de boîtes de fromages différents. Je les avais rangés dans mon sac à dos pour éviter qu'un gars du village ne me remarque avec dans les bras des boîtes de fromages, et les questions qui auraient suivi, et les réponses que j'aurais dû inventer. J'étais content parce que je savais que le soir, quand mon père verrait la pile de couvercles posée sur la table de la cuisine, il nous dirait, à ma mère et à moi : « Ce sera toujours ça de moins à manger. »

Je suis passé devant la maison de Bruno qui, habituellement, joue avec son petit frère dans le jardin. Ils jouent au chasseur de primes qui poursuit Billy the Kid, et Bruno torture son petit frère, qui n'a que huit ans, pour qu'il lui avoue où il a caché l'argent de la banque. Quand je passe devant leur maison, et que je les vois jouer dans le jardin, Bruno et son petit frère me jettent des cailloux en criant, à cause de mes cheveux roux et des boutons plats, et rouges, qui sont partout sur mon visage : « On n'aime pas les Peaux-Rouges ! On n'aime pas les Peaux-Rouges ! »

Ce jour-là, quand je suis passé devant la maison des parents de Bruno, je n'ai pas vu Bruno, ni son petit frère, je n'ai donc pas eu besoin de courir pour éviter de recevoir un caillou. J'ai vu la mère de Bruno, qui pleurait, assise sur la poubelle en plastique vert dans laquelle le père de Bruno jette ses bouteilles de vin et la mère de Bruno les assiettes que casse le père de Bruno. Elle pleurait comme le bruit de la rivière qui se coltine les eaux usées des trois usines qui la bordent. C'est un endroit où j'aime aller, un endroit que personne ne fréquente, à cause de l'odeur et des rats crevés qui flottent. Mais c'est un endroit qui me repose, peut-être parce qu'il n'y a jamais personne, et peut-être aussi parce que le bruit de l'eau me fait penser au bruit des vagues, à ces plages dont parle toujours mon père, lui qui est né dans une autre région que la mienne.

Je me suis dit, en voyant la mère de Bruno pleurer, que son mari avait dû lui flanquer une sacrée « torgnole ». Quand je suis passé devant elle, elle a levé la tête, elle a essuyé son visage, et elle est rentrée dans sa maison en disant : « Bruno, retourne chercher ton frère ! » J'ai pensé que les deux frères avaient changé de jeu, et que ce n'était pas plus mal.

La maison de mes parents est située un peu plus bas que celle des parents de Bruno, au coin de la rue, au niveau du dernier lampadaire qui embête bien mon père, lui qui aimerait pouvoir pisser, la cigarette au coin des lèvres, sans être vu dans le jardin. Après avoir ouvert le portillon qui grince, à cause du fer qui a rouillé, j'ai traversé le jardin et je suis allé embrasser ma mère qui était dans la cuisine. Elle m'a demandé d'aller lui chercher une touffe d'herbes pour finir sa sculpture. Ma mère a vu mon pantalon déchiré, à cause des broussailles et des ronces du terrain de la zone industrielle. Elle ne m'a fait aucun reproche, elle m'a simplement dit : « Il est trop petit pour toi, ce pantalon, donne-le-moi, tu ne le remettras plus, je vais le jeter. »

J'ai déposé les couvercles des boîtes de fromages sur la table, comme s'il s'agissait d'un butin. Ma mère m'a félicité et je suis parti en direction du jardin, après avoir enfilé un nouveau pantalon qui n'était pas plus grand mais qui n'était pas déchiré. En passant devant la porte du salon, je n'ai pas vu mon père qui, à cette heure, est habituellement assis dans son fauteuil en train de boire une bière en regardant la télévision. Je n'ai pas osé demander à ma mère pourquoi mon père n'était pas là, je me passais bien de lui quand je rentrais de l'école. Quand mon père n'est pas là, c'est qu'il est au bar, avec ses copains. Il cherche l'ivresse pour oublier la grisaille, c'est ce que dit mon père à ma mère, lorsqu'elle lui reproche de faire trop de bruit quand il rentre. Je ne connais rien à l'ivresse, je ne connais que le mot. Je pense que c'est une invention qui rend la solitude supportable, je n'ai jamais essayé, je suis pourtant seul, mais j'ai ma mère, et je pense que c'est un rempart à l'ivresse.

Quand je rentre de l'école, et que mon père est assis dans le canapé du salon, à chaque fois c'est la même rengaine : « Y serait temps que tu nous trouves une petite copine, que je sois enfin fier de toi, et que tu nous la présentes, non ? Ton frère est parti comme un voleur, on n'a plus de nouvelles de lui, on met tous nos espoirs en toi, t'entends, Yvan ? Ramène-moi une petite à la maison, que je me prépare à être grand-père, un patriarche a toujours besoin d'une marmaille à ses pieds. Oui, ramène-moi une mignonne et une autre bouteille de bière. » À chaque fois ma mère lui demande de me laisser tranquille, lui dit qu'il n'a aucune psychologie avec les gosses, et surtout avec ceux qui ont une sensibilité particulière. Elle lui dit aussi que ce n'est pas parce que j'ai une maturité un peu tardive qu'il faut se faire du souci pour moi ; qu'il n'y a rien d'anormal à faire, temporairement, moins que son âge, l'essentiel étant d'être présent au rendez-vous. « Au rendez-vous ? De quel rendez-vous veux-tu causer ? » Alors ma mère lui répond : « Celui qui mettra Yvan face à son destin, car comme tous les génies qui s'ignorent, il doit être plus attentif que les autres, pour ne pas manquer ce rendez-vous, cette rencontre avec son art qui changera sa vie. »

Mais ce soir-là, mon père était absent, et ma mère n'a pas eu besoin de lui expliquer que si je ne suis pas comme les autres, ce n'est pas de ma faute, mais celle des autres. J'ai vite trouvé la touffe d'herbes qui me semblait parfaite pour la sculpture de ma mère. J'ai toujours un petit couteau sur moi, qui se replie facilement et s'ouvre difficilement, mais moi j'ai un truc : je tape le bout du manche sur un caillou et la lame sort toute seule. J'aime bien faire ce geste, j'ai l'impression d'avoir un pouvoir. Parfois, la lame met plus de temps à sortir, ça arrive quand le manche en bois du couteau a gonflé, quand par exemple je le trempe pour piquer les rats qui flottent dans la rivière avant de les jeter aux chats, qui n'en veulent pas, parce que l'intérieur des corps a déjà été mangé par les insectes et les vers. Les rats meurent à cause de l'eau polluée que rejettent les usines, surtout celle de mon père. Tout le monde sait que c'est à cause de cette usine que plus personne ne pêche de poissons dans la rivière. Mais d'un autre côté, les rats sont exterminés et l'usine fait travailler mille deux cents salariés, alors personne ne se plaint et le représentant du parti des écologistes a changé de village.

Après avoir coupé la tige la plus rigide d'un amas d'herbes sèches que je ne connais pas, et replié la lame de mon couteau, je me suis frotté les mains pour les réchauffer, il était presque 20 heures. Le jardin était éclairé grâce au lampadaire de la rue, il ne manquait que mon père sous la lumière, en train de pisser. La nuit commençait à tout effacer, on était au mois de mars, il ne faisait pas souvent chaud dans la région, c'est ce que répétait souvent mon père à ma mère, lui qui était né dans le sud de la France : « Je me demande bien ce que je suis venu foutre dans le nord de la France. »

On vit dans un village qui semble avoir été construit pour fournir de la main-d'œuvre aux trois usines qui rajoutent continuellement de la fumée aux nuages. La ville de Lille est à une demi-heure en voiture, et près d'une heure en car scolaire. C'est dans un lycée professionnel de la banlieue lilloise que je passe tout le temps que je ne passe pas avec ma mère. Mon frère aîné, qui ne me ressemble pas, vit dans un studio depuis deux ans. Il a quitté la maison dès son contrat à durée indéterminée signé dans une boulangerie industrielle. Il est très content de son travail qui lui a permis d'être enfin libéré de nos deux parents. « Il faut que tu fasses comme moi, Yvan, trouve-toi vite un travail, et dégage de là, sinon tu vas finir comme eux, enfermé sur toi-même. C'est un conseil que je te donne, si tu veux continuer de les aimer, éloigne-toi de papa et de maman, sinon tu vas finir par les haïr. Loin des yeux, c'est ce qu'il faut, pour ne pas en vouloir à ceux avec qui on a vécu. » Moi, je ne lui ai pas donné de conseil, même pas celui d'arrêter de croire que j'étais malheureux avec mes parents, qui sont mes seuls soutiens, avec lesquels je me sens bien, qui jamais ne se moquent de moi, ou seulement avec affection, qui me protègent, et me font oublier les brimades du dehors. Je ne me sens bien que dans ma chambre, ou avec ma mère. Mon seul but, quand je pars au lycée, c'est de revenir chez moi. Et mon seul but, quand je suis chez moi, c'est qu'une bombe vienne anéantir le lycée.

Ce soir-là, après avoir rangé mon couteau dans la poche arrière de mon pantalon, un camion de police s'est garé devant notre maison. Deux hommes sont sortis du véhicule, et ils m'ont demandé : « C'est bien la maison des Gourlet ? » J'ai répondu que oui, mais que depuis que mon frère était parti, on n'était plus que trois, et que ça m'avait bien arrangé que mon frère parte, parce que j'avais récupéré sa chambre qui était plus grande que la mienne. En répondant au policier, je me suis fait la remarque qu'en général, je parlais beaucoup moins. Habituellement, quand on me posait une question, je répondais par « oui » ou par « non » ou par « peut-être bien ».

Le policier m'a demandé : « Et toi ? Tu es bien le fils cadet ? Yvan Gourlet ? On m'a parlé d'un gros rouquin, ça ne peut être que toi, puisque tu me dis que ton frère ne vit plus ici. » Là, par contre, j'ai repris mes réflexes d'avant, et j'ai répondu : « Oui. » Alors, les deux hommes ont ouvert le portillon du jardin, qui a grincé plus fort qu'avec moi, et ils ont demandé à voir mes parents. J'ai immédiatement pensé à mon frère, je me suis dit qu'il avait dû faire une connerie avec ses copains, peut-être pas voler une voiture, il avait passé l'âge, mais conduire en ayant trop bu, ça ne m'aurait pas surpris, l'ivresse n'a pas que des avantages.

J'ai dit aux deux policiers de me suivre sans penser que c'était pour moi qu'ils venaient. J'aurais peut-être dû m'enfuir, mais est-ce que cela les aurait empêchés de me suivre ? Je me pose rarement cette question, aujourd'hui, puisque je me connais mieux, et que je sais que jamais je n'aurais eu ce courage. Même si on m'avait donné le choix, si on m'avait dit : « Voilà, ces deux policiers ne viennent pas t'interroger personnellement, mais à cause de ce que tu es, à cause de ta personnalité, ils vont s'intéresser à toi et tu ne le supporteras pas. Alors on te donne le choix, tu peux rester là ou bien t'enfuir... », je ne serais jamais parti. D'abord parce que voler des boîtes de camembert ne constituait pas un délit, puisque ma mère ne m'aurait jamais laissé faire quelque chose qui aurait eu des chances de m'envoyer en prison, et qu'ensuite je n'aurais pas eu ce genre de courage, celui de m'enfuir pour protéger ma tranquillité. Alors, sagement, j'ai précédé les deux policiers, j'ai ouvert la porte d'entrée de la maison, et ma mère a dit : « Tu rentres enfin ! Cela fait au moins une heure que tu es dans le jardin… » Les deux hommes ont souri et j'ai répondu à ma mère : « Il y a deux policiers qui veulent te parler… »

Les deux policiers ont demandé à ma mère si elle pouvait leur consacrer quelques minutes, parce que cela ne serait pas long ; ce n'était qu'une enquête de routine : « Voilà, le petit Romain Barral a été retrouvé mort, pas loin d'ici. Alors on interroge tout le monde… » Ma mère a dit : « Mon Dieu, quelle horreur ! » Moi, je n'ai rien dit. C'est à ce moment que mon père, qui venait de rentrer, quand il a vu les policiers dans le salon, a demandé : « C'est Ludovic qui a fait une connerie ? » Le policier le plus âgé a demandé : « Qui est Ludovic ? » C'est ma mère qui a expliqué aux policiers que Ludovic était leur fils aîné, qu'il vivait à Lille, et que cela faisait longtemps qu'il ne faisait plus de bêtises, qu'il avait trouvé un travail sérieux, mais qu'il avait son caractère. Ensuite ma mère a dit à mon père : « Donc, ces messieurs de la police ne viennent pas pour Ludovic. »

Mon père a demandé : « Si c'est pas pour Ludovic que vous êtes venus, pourquoi vous êtes chez moi ? » Les policiers ont répété que le petit Romain Barral avait été retrouvé mort, assassiné, près de la zone industrielle. Le corps avait été découvert, vers 19 h 30, par des cantonniers qui nettoyaient les petits ruisseaux alentour en prévision des pluies du mois de mars. Mon père a dit : « Eh ben, vous perdez pas de temps. Et puis, si vous voulez mon avis, voilà ce que je pense : ça devait arriver un jour ou l'autre. » Le policier le plus âgé a demandé à mon père comment il savait que ce genre de drame allait arriver un jour ou l'autre, alors mon père a répondu que la France était foutue, que maintenant on tuait pour un oui ou pour un non, que maintenant on se tuait en famille, que maintenant on tuait en série, comme à la télé, et que donc, il fallait bien qu'un jour ou l'autre cela arrive chez nous, à Montespieux-sur-la-Dourde. Ma mère a dit : « On a une bonne relation, à la police municipale, Simon Toudouille, vous connaissez ? C'est un ami de la famille. » Alors le policier le plus âgé a répondu : « On n'est pas de la municipale, on est de la PJ de Lille. On ne s'occupe pas des contraventions ou des chiens écrasés, mais de blanchiment d'argent et de meurtres. » Mon père a dit : « Ça m'étonne pas que vous soyez pas de la police municipale, on le voit tout de suite à vos visages, on a aucune envie de vous proposer de boire un verre et de blaguer, ça se voit tout de suite que vous êtes pas là pour rigoler. Mon père était militaire de carrière, et il avait la même tête que vous, quand il partait en mission. Une tête qu'il gardait par réflexe, quand il revenait de mission, et qu'il me prenait dans ses bras, et qu'il me faisait peur… »

Je connaissais bien Romain Barral, c'était le petit frère de Bruno, le garçon qui fait partie de la bande de ceux qui aiment se moquer de moi. J'ai ressenti un peu de tristesse, en me disant que plus jamais je ne verrais les deux frères ensemble, s'amuser dans leur jardin. J'ai été soudain nostalgique de cette époque, quand ils me jetaient des cailloux, les deux frères, en me criant : « On n'aime pas les Peaux-Rouges ! Mort aux Peaux-Rouges ! » Oui, étrangement, la perspective de ne plus jamais vivre cet événement m'a rendu triste. Cette brimade faisait partie de ma vie et, en disparaissant, c'était un peu de mon existence qui disparaissait.

Mes parents ont confirmé qu'ils connaissaient la famille Barral, et ma mère a tout de suite demandé : « Vous êtes au courant que Maurice Barral, le père du petit Romain, frappe sa femme ? » Le policier le plus âgé a répondu qu'ils ne venaient pas pour parler de la mère mais du fils. Mon père a insisté en disant que lorsqu'on était capable de frapper sa femme, on avait peut-être les capacités de tuer son fils, que c'était la France d'aujourd'hui : « des parents qui peuvent tuer leurs enfants ». Le policier le plus âgé a dit à mon père que c'était une accusation grave, alors mon père a répondu qu'il regrettait que ses propos soient mal interprétés.

Tout le monde a oublié la femme de Maurice Barral, qu'il battait, et les policiers ont demandé : « Pouvez-vous nous dire quand, pour la dernière fois, vous avez vu Romain Barral vivant ? » Ma mère a répondu qu'elle l'avait vu vivant pour la dernière fois ce matin même, en allant travailler. Mon père a répondu qu'il ne se souvenait plus, qu'il passait rarement devant la maison des Barral, parce que Maurice Barral était un type qu'il n'aimait pas. Le policier le plus âgé a dit à mon père que ce n'était pas un avis sur le père qu'ils étaient venus chercher, mais des renseignements concernant le fils. Alors mon père s'est excusé et a dit aux policiers qu'il pensait avoir vu le petit Romain Barral vivant, pour la dernière fois, dimanche dernier, lors du marché qui est installé sur la place de la Mairie. Le policier le plus jeune a dit : « Très bien, je le note », et mon père a précisé que le petit Romain Barral faisait le mariole avec des gamins du village, comme d'habitude, que ce n'était pas méchant, mais que plus tard, si les parents ne réagissaient pas, ils deviendraient des délinquants, sauf le petit Barral, puisque maintenant il était mort. Le policier le plus jeune a demandé à l'autre policier : « Et ça ? Je le note aussi ? »

Le policier le plus âgé a poussé un soupir, le même genre que ceux de ma mère quand mon père lui parle de politique, de sport ou des immigrés qui viennent s'inscrire à la Sécurité sociale sans chercher de travail. Ensuite, les policiers m'ont regardé, sans parler, et je les ai regardés. Le plus âgé m'a demandé : « Et toi, tu l'as vu quand, le fils Barral ? » J'ai réfléchi en regardant ma mère qui a posé sur ma cuisse sa main douce qu'elle ne pose jamais sur ma cuisse. J'ai voulu répondre que je ne savais pas, je n'osais pas leur dire que ce gamin me jetait des cailloux chaque fois qu'il me voyait, alors j'ai dit d'une voix faible : « Je ne sais plus… » Le policier le plus âgé m'a dit qu'il avait besoin de savoir, que c'était important, que c'était un gamin, tout de même, qui avait été tué, et qu'il était de mon devoir de répondre à la question posée. Alors, j'ai marmonné cette réponse : « Je pense que c'était hier. »

– À quelle heure, mon garçon ?

– En rentrant du lycée.

– Tu vas à quel lycée ?

C'est ma mère qui a répondu aux policiers : « Mon fils va au lycée professionnel Albert-Camus, il veut devenir menuisier, il est très agile de ses doigts, il aurait pu faire artiste, sculpteur, ou bien peintre, peut-être, mais on n'a pas assez d'argent alors il deviendra menuisier, et c'est déjà pas si mal… » J'ai regardé ma mère parce que c'était la première fois que je l'entendais dire, devant du monde, que j'aurais pu devenir un artiste et j'ai pensé que menuisier, c'était un métier plus tranquille. Le policier le plus âgé a dit à ma mère que c'était à moi de répondre aux questions qu'il me posait et que j'étais suffisamment grand pour répondre tout seul. Les deux policiers m'ont donc regardé en attendant ma réponse. Ma mère a dit aux deux hommes qu'elle était désolée, puis elle m'a dit : « Explique aux messieurs de la police que tu veux faire menuisier, plus tard… » Le policier le plus âgé m'a dit d'une voix un peu plus forte que celle qu'il utilisait depuis le début de la discussion : « Je me fiche que tu deviennes menuisier ou plombier, je veux savoir quand tu as vu pour la dernière fois le petit Romain Barral, qui a été assassiné à quelques centaines de mètres de chez toi. C'est clair ? » J'ai répondu : « Oui », et j'ai attendu sa deuxième question : « Tu viens de nous dire que tu l'as vu hier, en rentrant du lycée ! C'est bien ce que tu as dit ? Je suis pas fou ! » Je n'ai pas osé demander au policier pourquoi il me parlait comme s'il voulait me gronder, et il m'a dit en hurlant : « Hier c'était dimanche, tu te fous de moi ? Tu vas au lycée le dimanche ? » Ma mère a voulu répondre que je m'étais sûrement trompé de jour, à cause de l'émotion, à cause de ma sensibilité exacerbée, mais le policier lui a coupé la parole et m'a demandé de lui donner une réponse claire et précise. Alors j'ai essayé de dire : « J'ai dû me tromper de jour… Ce que je voulais vous dire, c'est que la dernière fois que je l'ai vu, c'est quand je suis rentré du lycée. Quand je rentre du lycée, je prends le bus. Ça dure une heure, et quand je descends du bus, je suis obligé de passer devant la maison des Barral pour rentrer chez moi. Et souvent, même quand il pleut, les deux frères Barral jouent dans le jardin. Parce que l'aîné ne rentre pas en bus, il a une mobylette, alors il arrive au village avant moi. » J'ai été étonné d'avoir été aussi précis dans ma réponse, d'avoir parlé aussi longtemps, je me suis même dit qu'après ce genre de réponse on me laisserait tranquille, mais le policier le plus âgé a voulu en savoir plus : « Tu vas me faire croire que les fils Barral, chaque fois que tu reviens du lycée, sont dans le jardin de leurs parents ? Même quand il pleut ? » J'ai répondu que oui, et que j'avais même l'impression qu'ils m'attendaient. Les deux policiers se sont regardés, puis le plus âgé m'a demandé d'une voix très calme :

– Si je te suis bien, et si je déduis bien, la dernière fois que tu es allé au lycée, la semaine dernière, c'était vendredi. Et donc, en toute logique, tu aurais vu Romain Barral vendredi dernier, c'est bien ça ?

– Oui.

– Romain Barral n'est pas allé à l'école, vendredi dernier. Il était malade. Il est resté avec sa mère. Je l'imagine donc mal en train de jouer dans son jardin.

– Ben.

– Il s'agirait d'être un peu plus précis, mon garçon. Je te rappelle que c'est d'un meurtre dont on parle, alors un peu de respect.

Ma mère a voulu répondre à ma place, mais le policier le plus âgé a levé la main, comme s'il voulait faire la circulation dans notre salon : « C'est à votre fils de répondre, madame, pas à vous. Je ne le répéterai pas. Et si cette enquête de voisinage continue de se dérouler aussi mal, j'embarque tout le monde au poste, c'est bien clair ? Et on n'ira pas dans les bureaux de la police municipale, on ira dans les miens, de bureaux, dans ceux de la PJ, vous verrez, c'est un peu moins convivial qu'ici… » Mon père a failli dire : « Mais enfin… », ma mère l'a interrompu en lui disant : « Robert, tais-toi… » Et le policier le plus âgé s'est penché vers moi pour me dire :

– Alors mon garçon, tu l'as vu quand, pour la dernière fois, ce Romain Barral ?

– Disons que…

– Je t'écoute.

– Pour vous répondre, bon… C'est difficile à dire… Mais disons que la dernière fois que je l'ai vu, si vendredi il était malade, c'était donc jeudi.

– Jeudi ?

– Oui…

– À quelle heure ?

– Quand je suis rentré du lycée.

– Très bien. Et à quelle heure tu rentres du lycée ?

– Vers 18 heures.

– 18 heures, donc. Tu es descendu du bus et tu es passé devant la maison des Barral, c'est bien ça ?

– Oui.

– Et tu passes devant chez eux vers quelle heure ?

– Je sais pas trop…

– Disons entre 18 heures et 18 h 10, ça te va ?

– Euh, oui.

– Bon. Et donc toi, chaque fois que tu reviens du lycée, c'est vers 18 heures et pour rentrer chez toi, tu es obligé de passer devant la maison des Barral ?

– Oui.

– Bon. Et ce jour-là, je veux dire jeudi dernier, tu es passé devant la maison un peu après 18 heures et tu as vu Romain Barral ?

– Oui.

– Et à chaque fois, c'est le même rituel ? Tu sors du car scolaire et tu rentres chez toi ?

– Oui.

– Tu ne le vois jamais dans le village, quand tu vas t'amuser avec tes copains ?

– Non.

– Comment ça, non ?

– Je le vois jamais dans le village, je vais jamais dans le village, je reste chez moi, quand je vais pas au lycée.

– Tu ne vas jamais t'amuser avec des copains, c'est bien ce que tu m'as dit ?

– Oui.

– Jamais ?

– Non. Jamais.

– Je comprends, tu préfères rester avec ta petite copine…

– …

– Non ?

– Non.

– Comment ça, non ? Tu n'as pas de petite copine ?

– Non.

– À ton âge, tu n'as pas de petite copine ?

– Euh, non.

Mon père a interrompu la discussion entre le policier le plus âgé et moi en disant : « Moi aussi je trouve ça dommage qu'il ait pas de fiancée, mais ma femme dit que c'est normal… » « Ah bon ? » a dit le policier. Et ma mère a soupiré.

– Bon ! Si je comprends bien, la dernière fois que tu as vu Romain Barral c'était jeudi dernier, vu que le gamin était malade vendredi ? Tu me confirmes ?

– Oui.

– Et aujourd'hui, pourquoi tu ne l'as pas vu aujourd'hui ?

– Aujourd'hui ?

– Oui. Aujourd'hui.

– Parce que je ne l'ai pas vu.

– Soit. Mais tu es bien passé devant leur maison, aux Barral, comme tu fais chaque fois que tu reviens du lycée ?

– Oui. Mais j'ai vu que la mère.

– Pardon ?

– Dans le jardin, j'ai vu que la mère.

– Geneviève Barral était dans son jardin quand tu es revenu du lycée ?

– Oui.

– Donc, un peu après 18 heures, tu es passé devant le jardin de la famille Barral, et tu n'as pas vu Romain Barral, contrairement aux autres fois, mais tu as vu sa maman.

– Oui.

– Bon. Et elle t'a dit quoi, madame Barral, quand elle t'a vu ?

– Rien.

– Tu n'as rien remarqué d'anormal ?

– Non.

– Tu es sûr ?

– Elle… Elle pleurait… Juste ça… Mais comme son mari la frappe… Comme on sait tous qu'elle est malheureuse…

– Eh bien ?

– J'ai trouvé ça normal.

– Tu es en train de me mentir, mon garçon.

– Pardon ?

– Oui.

– Je vous assure qu'on le sait tous, que son mari la frappe… Demandez à ma mère.

– Je ne te parle pas de ça… Mais Geneviève Barral n'est rentrée chez elle qu'à 19 h 05. Elle a terminé son travail de comptable à 18 heures, elle est allée faire des courses au supermarché qui est près du stade de football, et elle est rentrée chez elle vers 19 h 05.

– Et alors ?

– Et alors… Et alors… Tu me dis que tu rentres du lycée entre 18 heures et 18 h 15. Donc tu n'as pas pu voir la maman de Romain Barral, comme tu dis si bien… Donc tu nous mens…

« Mon fils n'est pas un menteur, mon fils est bien élevé… Il ne dit jamais de mensonges. Ce qu'il oublie de vous dire, c'est qu'après l'école, il est allé me faire une course. Ça lui arrive de me rendre des services, quand j'ai oublié d'acheter un article ou deux… »

Ma mère a dit ça comme ça, naturellement, et d'entendre sa voix rassurante m'a fait du bien. Je me suis senti enveloppé dans la quiétude de ses mots. J'ai regardé les policiers sereinement, peut-être même avec un air arrogant, un air que je ne me connaissais pas, un air qui voulait dire : « Vous pouvez bien m'embêter, me questionner méchamment, ici vous êtes chez moi, et je suis avec ma mère, qui ne laissera pas son fils se faire embêter… »

Le policier le plus âgé a demandé à ma mère :

– Et quel genre de course votre fils est-il allé faire ?

– Il est allé acheter du… du camembert.

– Du camembert ?

– Oui. Du camembert.

– Bien. On vérifiera. Parce que je pense que vous n'avez pas gardé le ticket de caisse du magasin…

– Non, évidemment. Pas pour un camembert.
– Évidemment.
– Mais je peux vous montrer la boîte.
Et mon père a répondu : « Ah ça, c'est pas les boîtes de camembert qui manquent dans cette maison ! »
Le policier m'a demandé chez quel commerçant j'étais allé acheter ce camembert. Ma mère a hésité à répondre, mais grâce à sa présence je me sentais plus en confiance, alors c'est moi qui ai dit au policier : « Au supermarché, celui qui est près du stade. » Le policier a voulu savoir si j'avais vu la mère de Romain Barral dans le magasin, puisqu'à la même heure elle était, elle aussi, selon sa déposition, présente dans le magasin. Je lui ai dit que non, que je ne l'avais pas vue, et j'ai compris au même moment que j'aurais dû faire comme avant, que je n'aurais jamais dû répondre à la question. Le policier le plus âgé a noté des choses dans son carnet, puis il a dit à mes parents de faire attention, que le meurtrier était toujours en cavale, et qu'il valait mieux rester chez soi si on n'avait pas mieux à faire. Le policier s'est levé, il a salué mon père, il a salué ma mère et il m'a regardé bien fixement en me disant : « Ce sera pas difficile pour toi, de ne pas bouger d'ici, de rester chez tes parents, non ? » Je n'ai pas répondu, j'étais bien décidé à ne plus rien dire et les deux policiers sont partis.

Mon père a dit qu'il boirait bien une bière bien fraîche et je n'ai pas osé demander à ma mère pourquoi elle avait un peu changé l'histoire des camemberts. On est tous allés se coucher sans se parler, parce qu'il était très tard, il était presque minuit. On est tous allés se coucher sans se souhaiter bonne nuit, comme si un secret était en train de renforcer nos liens familiaux et que dans notre silence on était plus intimes qu'avant.

Le lendemain matin, je n'ai pas eu la force de me lever. Ce n'était pas une question de courage, je me sentais très fatigué. Ma mère m'a dit : « Tu as de la fièvre, tu n'iras pas au lycée et je vais rester avec toi. » Elle est allée jeter mon pantalon, qui était déchiré, et elle s'est occupée du ménage de la maison. Moi, j'ai lu une bande dessinée, et je me suis endormi sans m'en rendre compte.

Le soir, mon père est rentré du travail plus tôt que d'habitude en nous disant que ses patrons, « ceux du lotissement, ont décidé que, dorénavant, dès 17 heures, chacun rentrerait chez soi pour éviter de faire de mauvaises rencontres ». Ma mère a proposé à mon père de lui ouvrir une bouteille de bière fraîche et mon père a dit non, qu'il n'avait pas la tête à boire des bières mais qu'il avait faim, qu'il n'avait rien réussi à manger à la cantine, alors ma mère lui a fait une tartine de beurre de sanglier – une nouvelle sculpture qu'elle venait de terminer. J'ai aimé voir mon père manger sa tartine de beurre, c'était si rare, c'était peut-être parce qu'il aimait le sanglier ; et j'ai eu la sensation de faire encore plus partie de ma famille.

Cela fait plusieurs semaines que le petit Romain Barral a été tué. Tout le village ne parle que de ça. Des journalistes de Paris et de Lille ont réservé toutes les chambres des deux hôtels les plus proches de Montespieux-sur-la-Dourde. Quelques habitants ont même transformé certaines pièces de leur maison en chambres qu'ils louent à des curieux, et plus souvent à des photographes, qui cherchent le cliché original qu'ils revendront à des journaux. Tous les gens du village se regardent. Tout le monde se méfie. Moi, j'ai l'habitude, on m'a toujours regardé bizarrement.

Ceux qui vivent dans le nouveau lotissement semblent encore plus différents des gens du village, depuis le meurtre. Ils se font livrer à manger directement par des gros camions sur lesquels il y a marqué : « Traiteur Bruneau – Mariages et séminaires – Lille ». Ils quittent le village très tôt, dans leurs grosses voitures, pour emmener leurs gosses dans des écoles privées de la région lilloise. Ils ne veulent plus utiliser les cars scolaires, ils ont même fait construire un long grillage autour du lotissement. Des poteaux, sur lesquels des caméras filment leurs maisons, ont été installés à plusieurs endroits, et le maire du village a accepté de laisser une voiture de police, en permanence, garée devant l'entrée du lotissement. Le projet de construction d'un mirador est à l'étude, c'est la rumeur qui circule le jour du marché, le dimanche, sur la place de la Mairie. Un journaliste a écrit, c'est mon père qui nous l'a dit, à ma mère et à moi, que c'était une manière de désigner les coupables, de se couper ainsi du reste du village. J'ai demandé à mes parents : « Désigner les coupables, c'est-à-dire ? » Alors ma mère m'a répondu que c'était ainsi que la société fonctionnait, et qu'il fallait l'accepter.

– Il y a ceux qui ont le pouvoir et l'argent et les autres qui, pour s'occuper l'esprit et ne pas devenir fous, font parfois des bêtises pour se faire remarquer… Celui qui a tué le petit Barral, s'il vient du lotissement, perdra un statut. S'il est du village, rien ne changera pour lui…

– Rien ne changera pour lui ?

– Parfaitement. Il sera toujours aussi malheureux. Mais lui, au moins, il saura pourquoi.

Des journalistes sont venus à la maison pour nous demander ce qu'on pensait du meurtre. Ils voulaient un témoignage qui toucherait les gens, qui donnerait à leurs lecteurs l'envie d'en savoir plus, c'est ce qu'ils nous ont dit. Mon père aurait bien aimé leur confier ce qu'il pense de la France et de sa décrépitude, et ce qu'il allait voter aux prochaines élections parce qu'il n'avait rien à cacher ; mais ma mère leur a dit qu'on n'avait rien à dire. Ce n'est pas comme les voisins, qui ont même prêté leur garage à une radio de Paris pour qu'ils rangent leur matériel. Tout le monde a un avis sur la question, tous les jours des articles différents disent la même chose et tous les jours la mère du petit Romain Barral pleure dans son jardin.

Je continue d'aller au lycée, je prends toujours le même bus, les garçons sont toujours aussi méchants avec moi et Bruno n'a pas changé malgré la mort de son frère. Il dit qu'il n'a pas peur et que son père retrouvera le meurtrier pour lui faire payer l'assassinat de son petit frère. Il dit que son père ne le tuera pas tout de suite, le salopard que la police recherche. Il dit que son père lui fera regretter lentement son crime, qu'il a le savoir-faire pour torturer. Il dit que son père a fait la guerre au Kosovo, et que là-bas on ne tuait jamais avant d'avoir torturé. Alors je pense à tous les gens que le père de Bruno a dû torturer, et je me dis que ce doit être horrible de ne pas mourir quand on a très mal.

Ce matin-là, au lycée, c'est le jour des travaux pratiques. Je suis en train de poncer un pied en bois destiné à un fauteuil que je fabrique avant de le présenter à l'examen de fin d'année. Le directeur du lycée entre dans la salle. Comme il ne vient jamais nous voir, tout le monde pense en même temps que ce doit être grave, mais personne ne pense au meurtre de Romain Barral, tout le monde pense à soi en espérant que ce n'est pas une punition grave que le directeur est venu annoncer. Tous les garçons essayent de se rappeler les bêtises qu'ils ont faites dans la semaine, sauf moi, puisque je ne fais jamais rien de mal. La salle est totalement silencieuse, toutes les machines ont été arrêtées, tous les outils ont été posés sur les établis, plus personne ne ponce, plus personne ne scie, plus personne n'assemble. Tout le monde regarde le directeur qui demande : « J'aimerais qu'Yvan Gourlet me suive. »

Je suis dans le bureau du directeur. Je suis resté debout. Deux policiers sont assis et le directeur me parle : « Ces messieurs veulent t'interroger, alors tu vas les suivre, ne t'inquiète pas, je vais prévenir tes parents, tu peux enlever ta blouse… » On est partis tous les trois dans une vraie voiture de police bleue avec marqué « Police » sur les portières et le capot. J'ai remarqué que tout le monde me regardait à travers les vitres des salles de cours, tout le monde et même les profs. J'ai pensé à ma mère qui allait s'inquiéter. J'ai eu envie de pleurer en pensant à la tristesse qu'elle allait éprouver pour son fils, j'ai imaginé le garçon que j'étais dans cette voiture de police ; et de me voir si petit, malgré ma taille, et si jeune malgré mes seize ans, m'a fait sortir les larmes des yeux.

Le policier le plus âgé, celui qui m'interroge, n'est pas le même que celui qui est venu chez mes parents. Le nouveau policier qui m'interroge a l'air beaucoup plus méchant que celui qui est venu chez mes parents. Il s'appelle Grochard. C'est lui qui me le dit : « Appelle-moi Grochard, on va pas s'embêter avec les "monsieur l'inspecteur" ou les "monsieur tout court", non ? T'en penses quoi, gamin ? » Je n'ose pas lui répondre. Il est assis derrière son bureau, et un autre policier tape sur un clavier d'ordinateur.

– Tu t'appelles comment ?

– Ben… Vous devez le savoir, puisque je l'ai déjà dit aux autres policiers…

– Tu t'appelles comment ?

– Yvan… Yvan Gourlet.

– Tu es né quand et où ?

– Je suis né le 9 juin 1984 à Montespieux-sur-la-Dourde.

– Tu vas donc avoir dix-sept ans.

– Euh… Oui.

– Tu habites où ?

– J'habite chez mes parents.

– Je sais ça, mais où ?

– Au… 155, allée des Prés, à Montespieux-sur-la-Dourde.

– Bien. Où étais-tu le lundi 19 mars 2001 ?

– Je… Je ne sais pas.
– Tu te fous de moi ?
– Non, monsieur.
– Appelle-moi Grochard !
– Je… Oui…
– Où étais-tu le lundi 19 mars 2001 ?
– Je ne sais plus, je pense que j'étais au lycée, comme tous les lundis…
– Bien. On a vérifié, c'est exact. Mais ce que j'aimerais savoir c'est ce que tu as fait de 18 à 20 heures.
– Je ne sais plus trop.
– Quand mon collègue, l'inspecteur Dunan, est venu te voir chez tes parents, ta mère lui a dit que tu étais allé au supermarché acheter un fromage.
– Je me souviens.
– Tu te souviens que tu es allé acheter du fromage ?
– Je me souviens de ce que ma mère vous a dit. Mais je ne me souviens pas être allé au supermarché.
– Tu veux que je te dise pourquoi ?
– Pourquoi quoi ?
– Pourquoi tu ne peux pas te souvenir d'être allé au supermarché ce lundi 19 mars ?
– Oui.
– Parce que tu n'y es pas allé.

L'inspecteur Grochard a raison. Je ne suis jamais allé au supermarché acheter une boîte de camembert. Je me suis dit que ma mère avait appelé la police pour dire la vérité, et je préférais. Je n'avais pas compris pourquoi elle avait inventé cette histoire de camembert et j'étais maintenant soulagé de n'avoir pas à continuer à mentir à la place de ma mère.

– Je vais te dire pourquoi on est sûrs que tu n'es pas allé acheter du fromage entre 18 et 19 heures au supermarché. D'abord, les images prises par les caméras de surveillance du parking ont été contrôlées et on ne te voit pas dessus. Ensuite, madame Barral, que nous avons interrogée, et qui elle se trouvait au supermarché, ce lundi 19 mars entre 18 h 05 et 18 h 45, nous a dit qu'elle ne t'avait pas remarqué. Pour compléter ce témoignage, nous avons montré ta photo à toutes les caissières en poste ce jour-là, et aucune ne se souvient de toi. Enfin, on a fait imprimer tous les tickets de caisse passés entre 18 et 20 heures et les seuls fromages vendus accompagnaient des courses d'un montant compris entre 50 et 120 euros. En clair, aucun client n'est venu au supermarché pour acheter un seul camembert. Donc, si tu es revenu chez toi avec un fromage du supermarché, tu ne l'as pas acheté, tu l'as volé.

– Je ne suis pas un voleur !

– C'est ce qu'on pense, nous aussi. Donc, où étais-tu ce fameux lundi 19 mars, de 18 à 19 heures puisqu'on sait tous que tu n'étais pas au supermarché ?

– Je… Il faudrait peut-être demander à ma mère.

– C'est pas à ta mère que je cause, c'est à toi ! Toi ! Yvan Gourlet !

– Oui, monsieur.

– Ne m'appelle pas monsieur ! Appelle-moi Grochard !
– Oui…
– Oui, qui ?
– Oui, monsieur… Gro… Grochard…
– Gro-chard, répète !
– Grochard…
– Très bien ! Encore une fois !
– Grochard.
– Alors ! Tu étais où ? Hein ? Tu étais où pendant qu'un gamin se faisait massacrer ?
– Je… Je préférerais que ce soit ma mère qui vous le dise…
– Ça va pas se passer comme ça, gamin… Il va falloir assumer… Tu n'as plus huit ans… Tu n'as plus l'âge du gamin qu'un salaud a assassiné… T'es un homme maintenant…

Les mots du policier ont eu un drôle d'effet sur moi, et je me suis mis à pleurer. L'inspecteur Grochard a pris son téléphone et a demandé à un autre policier que l'on prépare un véhicule. Puis, Grochard a téléphoné chez mes parents et m'a passé le combiné pour que je parle à ma mère. Quand elle a décroché, je lui ai dit que j'étais au poste de police. Ma mère n'a pas répondu tout de suite, puis elle m'a dit qu'elle était au courant, que le directeur du lycée l'avait appelée, et elle m'a demandé que je lui passe la personne qui était responsable de cette situation. J'ai regardé l'inspecteur Grochard et je lui ai dit : « Ma mère voudrait vous parler... » Il a souri, et il m'a dit que cela se ferait rapidement, puisqu'on allait me ramener auprès d'elle. Il m'a pris le téléphone des mains, et sans dire un mot à ma mère, a raccroché.

Quand les deux hommes m'ont déposé chez moi, ils ont dit à mes parents qu'ils avaient un problème avec mon emploi du temps, et qu'ils savaient que ma mère avait raconté n'importe quoi, aux autres policiers, au sujet des courses que j'aurais faites au supermarché. Ma mère a demandé à l'inspecteur Grochard si elle pouvait lui parler en privé, dans la cuisine, et mon père m'a accompagné dans ma chambre. On est restés tous les deux, sans se parler, ce n'était pas nouveau. Je ne pleurais plus. J'étais calmé. Je savais que ma mère expliquerait tout parfaitement et que je pourrais m'endormir tranquillement sans penser à tout ce que l'inspecteur Grochard m'avait dit au poste.

Les policiers sont partis sans demander à me voir. Mon père est descendu à la cuisine pour prendre une bière dans le frigo et ma mère m'a dit que tout était arrangé, qu'elle avait dit la vérité à l'inspecteur Grochard, qui est un homme un peu bourru mais honnête. J'ai mangé seul ma soupe, avec un gros morceau de beurre dedans qui avait du mal à fondre, en même temps je lisais une bande dessinée, j'avais oublié tout ce que m'avaient dit les policiers, j'étais bien, j'étais tranquille, et ma mère sculptait devant moi.

Le jour de mon anniversaire, mon frère a téléphoné à la maison. Il est tombé sur mon père qui lui a proposé qu'on mange tous ensemble. Mon frère a accepté, il voulait nous présenter sa nouvelle fiancée, alors on s'est tous retrouvés à Lille, à l'étage d'une brasserie connue, c'est ce que m'a dit mon frère, et on a trinqué avec des grands verres de bière de 50 centilitres. Dans mon verre, j'ai demandé qu'on y mette de la grenadine, et ma mère a pris un jus de pomme. Mon frère, la fiancée de mon frère et mon père ont bu de la bière et on a tous mangé une choucroute. Dans la choucroute, je n'aime que le chou, alors j'ai donné la charcuterie à mon frère qui m'a dit en rigolant : « T'as rien d'autre à me donner pour fêter mes fiançailles ? » À un moment, mon frère a voulu que l'on parle du meurtre du petit Romain Barral. Ma mère a dit que ce n'était pas une bonne idée, et la fiancée de mon frère a fait cette remarque : « Moi, un jour, si j'ai un enfant, et qu'il meurt comme est mort ce petit garçon, je sais pas comment je pourrais continuer à vivre. » Alors mon frère a dit que si c'était lui le père, il irait tuer le meurtrier sans attendre que la police l'enferme. Mon père lui a demandé : « Et tu feras comment si on connaît pas le meurtrier ? » Mon frère a répondu qu'il irait le chercher, le meurtrier de son fils, le débusquer, et pas loin de chez lui, parce qu'il était sûr d'une chose, c'est que les types qui tuent des gosses, ils connaissent la famille, c'est prouvé, il avait lu des trucs là-dessus. Ma mère a demandé que l'on arrête de parler de ça et la fiancée de mon frère a dit qu'elle serait très fière d'avoir un mari qui irait tuer le meurtrier de son enfant. Mon père a demandé : « Vous allez vous marier ? » Et mon frère a répondu : « On y pense, vu que Marion a fait un test, et qu'il y a de bonnes chances qu'elle soit enceinte. » Ma mère a reproché à mon frère de leur annoncer un tel événement dans une brasserie et en buvant de la bière. Elle a dit à la fiancée de mon frère : « J'espère que vous avez prévu de vous marier rapidement. » La fille a répondu qu'avant de se marier, elle voulait être sûre que mon frère soit bien l'homme de sa vie ; ma mère a soupiré et a demandé à mon père d'appeler le serveur parce qu'il était temps de payer la note. On s'est tous embrassés sur le trottoir, mon frère m'a donné une maquette d'avion en me disant : « Je l'ai commencée, et j'ai jamais pu la terminer, alors je te la donne, ce sera mon cadeau d'anniversaire. Toi, je sais que ça t'occupera un moment et que tu la finiras. » Mon père a trouvé dommage d'avoir payé les bières, et de n'avoir pas fini les chopes, et chacun est rentré chez soi. Dans la voiture, je me suis refusé à ouvrir la boîte de la maquette d'avion en pensant que cette soirée, celle de mes dix-sept ans, resterait à jamais gravée dans ma mémoire. Je voulais profiter de l'attente, savourer les prochaines heures, et sur la banquette de la Renault de mon père, je me suis endormi en pensant que le bonheur était peut-être aussi simple que ce genre de soirée.

Le lendemain de mon repas d'anniversaire, c'était un dimanche, on est allés à la messe, ma mère y tient beaucoup, surtout depuis que le petit Romain Barral a été tué. Je n'ai pas trop écouté ce qu'a raconté le curé et j'ai demandé à ma mère pourquoi elle pleurait. Elle m'a répondu que c'était parce qu'elle pensait à ce petit garçon, et à moi quand j'avais le même âge, et à tous les espoirs qui allaient avec. À midi on est allés voir ma grand-mère, c'est la mère de ma maman. Elle vit seule, depuis que son mari a disparu, avalé dans une cuve à charbon, à une époque où le village était vraiment riche et sans usines, à une époque où sous nos pieds il y avait du charbon. Ma grand-mère me dit souvent : « C'est le jour quand les gens ont recommencé à porter des chemises blanches que j'ai compris qu'on serait plus jamais heureux. Parce que ton grand-père est peut-être mort jeune, à cause qu'il a glissé dans une cuve de la mine, mais au moins, à cette époque, on avait de l'argent, on était tous habillés en noir, ou en gris, et grâce au charbon on était heureux… » Le soir, chez mes parents, après la visite chez ma grand-mère, j'ai commencé ma maquette d'avion et on a mangé une pizza en regardant un western sur la première chaîne. Après le film, j'ai préparé mon sac pour le lycée, j'ai embrassé ma mère, et mon père m'a demandé de l'aider à faire le vide dans le garage, parce que le lendemain il faisait couper le tilleul du jardin, le seul arbre qu'on avait, et que ça ferait du bois pour le prochain hiver. Je lui ai demandé si ma mère était d'accord qu'il coupe l'arbre. Il m'a répondu de ne pas m'occuper de ce qui ne me regardait pas, que cet arbre faisait de l'ombre aux tomates, en été, et qu'il était plus important de bouffer des légumes du jardin que de vivre cachés à l'ombre d'un vieil arbre tout tordu, qui lui causait des problèmes avec la mairie qui ne voulait plus que les branches cachent les panneaux de stationnement. « Et puis, tu veux que je te dise ? Cet arbre me rappelle trop de souvenirs… Parce que c'est sur un tilleul, figure-toi, dans le sud de la France, que j'ai embrassé ta mère, pour la première fois. » J'ai été si content que mon père me parle, pour une fois, qu'il me raconte autre chose que ces histoires de femmes qu'il me faudrait bien baiser un jour, que je lui ai répondu :

– C'est un chouette souvenir.

– J'aurais dû tomber, me casser le cou, et remonter un peu plus haut. Ça m'aurait épargné bien des emmerdes.

Après avoir aidé mon père à ranger le garage, je suis allé me coucher.

Le lendemain matin, quand la sonnette de la porte d'entrée a retenti, j'étais sous la douche et ma mère préparait mon petit déjeuner. Je me suis habillé tranquillement et je suis descendu. J'ai vu les deux policiers dans le salon, en train de boire une tasse de café. Ma mère m'a demandé si je voulais de la confiture sur mes tartines de beurre. Elle ne me demande jamais si je veux de la confiture, puisqu'elle sait que je n'aime pas la confiture. Je ne lui ai donc pas répondu et elle m'a dit : « Prends ton blouson, ces messieurs voudraient t'interroger au poste de police, à Lille, je ne voudrais pas que tu attrapes un rhume. » J'ai demandé à ma mère : « Et le lycée ? » Ma mère m'a répondu : « Prends aussi ton écharpe, ce matin il fait très froid. »

Dans la voiture de police j'entends le poste radio qui fait des bruits de papiers froissés. On n'entend rien nettement mais les policiers semblent attentifs. Les deux hommes ne se parlent pas et moi je reste concentré sur leur nuque, le seul endroit que je peux détailler sans problème puisque leurs yeux sont de l'autre côté. Je suis assis seul, derrière, comme si j'étais dans un taxi. Devant, il y a celui qui veut que je l'appelle Grochard, qui est assis à la place du passager. Celui qui conduit, je ne le connais pas, il est jeune, c'est peut-être sa première mission, c'est pour ça qu'il ne parle pas, pour se souvenir de tout. Je n'ose pas demander à ces deux policiers pourquoi ils sont venus me chercher chez moi, et pourquoi on n'est pas restés chez mes parents, pour qu'ils me posent leurs questions. Je n'ose pas leur parler, peut-être parce que mes questions m'inquiètent plus que leurs réponses. La voiture est passée devant le supermarché, qui est situé près du stade de football. Celui qui veut que je l'appelle Grochard s'est retourné pour me demander : « Tu reconnais ? C'est là où tu m'as dit que tu étais venu, alors que tu n'y étais jamais venu… » Je n'ai pas su quoi répondre, j'ai pensé à ma mère qui lui avait dit la vérité, alors je me suis demandé pourquoi il me parlait à nouveau de cette histoire et il a rigolé. La voiture a roulé pendant une demi-heure, j'ai reconnu la grande brasserie que tout le monde connaît dans laquelle on avait mangé en famille, et on s'est garés devant le poste de police. L'inspecteur Grochard est passé devant et l'autre policier a posé sa main sur mon épaule, comme s'il voulait me guider. On a traversé un couloir, qui était très étroit, ce qui a obligé le policier à me pousser devant lui. Nous avons marché longtemps et le policier a gardé sa main sur mon épaule. Grochard a ouvert une porte, il est entré le premier, et le policier m'a fait asseoir sur une chaise. C'est quand je me suis retrouvé assis qu'il a retiré sa main de mon épaule. Les deux hommes ont enlevé leur veste, ils m'ont regardé, et ils se sont installés sur des sièges au dossier gris et équipés de roulettes. Ils se sont amusés quelques minutes à se promener dans la pièce, à glisser près de moi, comme des prédateurs qui frôlent leur victime, qui attendent le bon moment, qui jouissent de l'impression créée, qui font de la peur de l'autre un avantage :

– Tu t'appelles comment ?

– Pardon ?

– Tu t'appelles comment ?

– Vous... Vous le savez déjà... Non ?

– On rigole plus, mon gars... Tu t'es assez foutu de nous... Alors tu réponds à nos questions, et si possible sans chercher à nous enfumer.

L'inspecteur Grochard m'avait parlé avec tellement de méchanceté que j'ai ressenti une brusque envie de pisser. Je me suis contorsionné sur ma chaise pour éviter d'uriner devant eux.

– T'as quoi ? T'as mal au ventre ?

– Je... J'ai envie d'aller aux toilettes...

– Eh bien, ça attendra... Fallait prendre tes précautions avant... Alors ! Tu t'appelles comment ?

– Yvan Gourlet.

– Tu es né quand et où ?

– Je suis né le 9 juin 1984, à Montespieux-sur-la-Dourde.

– Tu habites toujours chez tes parents ?

– Oui. Au 155, allée des Prés, à Montespieux-sur-la-Dourde.

– Bien. Maintenant qu'on se connaît mieux, on va pouvoir passer aux choses sérieuses. Donc, le lundi 19 mars 2001, après le lycée, tu fouillais dans les poubelles pour récupérer des boîtes de camembert.

– Euh… Je…

– Cherche pas, c'est ta mère qui nous l'a dit.

– Euh… Alors, c'est que c'est vrai.

– Ce que je ne comprends pas, c'est pourquoi c'est toi qui as précisé que tu étais allé au supermarché.

– Je… J'ai dit ça comme ça…

– Comme ça…

– Oui. Sans réfléchir.

– Toi, tu te permets de dire des choses sans réfléchir pendant que nous, on te pose des questions sérieuses. Et tu sais pourquoi on te pose des questions sérieuses ? Parce qu'un gamin s'est fait tuer. Tu es au courant ?

– Euh… oui.

– En fait, je viens de comprendre. Tu te fous de nous, tu parles sans réfléchir parce que tu n'en as rien à foutre de ce gamin !

– Pas du tout ! Je le connaissais, et ça m'a fait quelque chose d'apprendre sa mort !

– Alors pourquoi tu nous as menti ?

– J'ai pas menti… J'ai… J'ai dit n'importe quoi, mais je n'ai pas menti…

L'inspecteur Grochard a tapé violemment des deux poings sur son bureau. Il a fait sursauter tous les papiers, et les stylos, et un cadre de photos avec dedans une tête de femme et un dessin d'enfant, qui est même tombé. Grochard avait un regard impressionnant, des sourcils énormes au-dessus des yeux et des cernes noirs en dessous. Il a hurlé en me postillonnant sa haine :

– Je n'aime pas qu'on se foute de moi ! Surtout quand un gamin vient d'être assassiné aussi sauvagement ! Je ne veux pas que les journaux parlent de mes collègues policiers de Montespieux comme étant des incapables ! Je ne veux pas qu'en France, on parle de Montespieux comme d'un bled qui ne protège pas ses habitants ! Je ne veux pas qu'on dise que la police nationale fait mal son travail, t'entends ? Alors, ce qu'on veut savoir, c'est si c'est vrai que tu cherchais des boîtes de camembert dans les poubelles de l'usine Boulonex… Parce que ça nous semble tellement ridicule comme alibi qu'on veut être sûrs que vous ne nous prenez pas pour des cons, toi et ta mère.

– Si ma mère vous l'a dit, c'est que c'est vrai.

– Mais putain ! Je me fous de l'avis de ta mère, je veux ta version des faits, t'entends ? C'est toi qui es convoqué, pas elle. Alors tu parles en ton nom, c'est clair ?

– Oui, oui.
– Oui, Grochard !
– …
– Dis-le !
– Oui… Gro… chard…
– Bon ! Donc, tu me confirmes que de 18 à 19 heures tu mettais ton nez dans les poubelles pour chercher des boîtes de fromages ?
– Oui.
– Et pendant ce temps… Un peu plus loin… Un gamin se faisait massacrer à coups de hache.
– Je ne savais pas que c'était une hache… Je ne sais rien de ce qui s'est passé…
– Tu n'as pas lu les journaux, regardé la télévision ?
– Je n'ai pas osé…
– Et de là où tu étais, le nez dans tes poubelles, tu n'as rien entendu ?
– C'est-à-dire ? Entendu quoi ?
– Eh bien, des cris d'enfant, des bruits de coups…
– Non.
– Et tu es resté, pendant tout ce temps, à fouiller dans les poubelles ?
– Oui.
– Et tu voudrais me faire croire ça ?
– Ben…
– Tu voudrais me faire croire que lorsqu'on a seize ans, et qu'on revient du lycée, on a qu'une envie, celle de chercher des boîtes de camembert dans les poubelles ?

– C'est… C'est pourtant ce que j'ai fait.

– Alors pourquoi tu ne me l'as pas dit, la dernière fois ? Pourquoi vous avez inventé cette histoire de courses dans un supermarché, avec ta mère ?

– Je ne sais pas… Il faudrait demander à ma mère…

– Elle nous a déjà expliqué que c'était parce qu'elle avait honte qu'on sache que tu fouillais dans les poubelles. Mais cette explication ne nous suffit pas.

L'inspecteur Grochard s'est levé, il a rapproché une chaise vers moi. Il s'est assis dessus et il a planté son regard dans le mien. Je n'ai pas résisté et j'ai baissé les yeux, et peut-être la tête, et tout ce qui pouvait se baisser. L'homme a frappé d'un coup sec sur ma poitrine avec son index et m'a dit d'un ton menaçant : « Écoute-moi bien, petite fiotte. J'ai un gosse qui est mort. Un gosse de huit ans qui est mort, tué par un malade. Et ce malade, je veux le trouver. Il me faut un coupable, t'entends ? Et ce coupable, je vais le trouver. » Le silence qui a suivi n'a rien arrangé, j'ai pensé à ma mère, à ma maquette d'avion qui n'était pas terminée, et j'ai pissé sur ma chaise. Grochard a fait venir un jeune policier et une serpillière pour nettoyer ma flaque d'urine. J'étais debout. Les deux hommes qui m'interrogeaient souriaient. Le jeune policier a demandé s'il devait apporter une autre chaise. Les deux hommes ont dit que non et le jeune policier est sorti avec dans le seau mon urine mélangée à de l'eau de Javel. Ça m'a rappelé l'odeur près de la rivière, à l'endroit où l'eau des usines se mélange à l'eau de la Dourde. L'inspecteur Grochard m'a demandé de rester debout, et l'autre policier s'est assis derrière l'ordinateur ; c'est lui qui notait tout ce que je disais. Je suis resté debout, j'avais les jambes enserrées dans le tissu humide de mon pantalon en toile, je tremblais, et ce n'était pas que de froid.

– Tu avoues donc avoir menti.

– C'est-à-dire ?

– Tu avoues ne pas être allé au supermarché.

– Je… Ma mère…

– Arrête ! Arrête avec ta mère ! C'est à toi que je pose les questions, alors réponds ! Tu avoues avoir menti ?

– Oui.

– Bon ! Alors pourquoi avoir menti ?

– Parce que… Peut-être parce que, moi aussi, j'ai honte de dire que je fouille dans les poubelles…

– Non ! Il y a une autre raison, et je veux la connaître. Alors ! Pourquoi as-tu menti ?

– Je ne sais pas. Je ne mens jamais, je ne sais pas pourquoi on ment, en général.

– Dans quelles poubelles tu fouillais ?

– Celles de la société Boulonex.

– Pourquoi ? Parce que c'est la société dans laquelle travaille ton père ?

– Non… Non…

– Alors pourquoi ?

– Parce qu'il y a un grand mur.

– Un grand mur ?

– Oui. Les poubelles sont cachées derrière un grand mur. Alors je peux fouiller sans être vu.

– Tu penses donc à tout.

– Comment ça ?

– Si personne ne pouvait te voir, personne ne pourra confirmer ta présence à cet endroit. Et donc personne ne pourra non plus contredire ce que tu dis. Sauf à une condition.

– Et laquelle ?

– Celle qu'on t'ait vu ailleurs.

Grochard s'est levé et a demandé au policier s'il voulait boire un truc. L'autre a demandé une bière et Grochard est sorti en disant : « Moi, je vais pisser dans les toilettes… » Quand il est revenu, je n'ai pas osé demander si je pouvais boire un verre d'eau. J'avais froid, mon pantalon était mouillé. J'avais l'impression d'avoir été posé sur deux poteaux glacés, d'être là comme un objet, à attendre que l'on décide pour moi où me poser à nouveau ; à attendre que l'on décide pour moi ce qu'il fallait que je dise. Les deux hommes ont ouvert leur bouteille de bière, ils ne parlaient pas, ils me regardaient bizarrement et Grochard a dit : « En tous les cas, et c'est important, puisque c'est noté dans le procès-verbal d'audition : tu as quand même avoué avoir menti… » Je n'ai pas osé répondre, dire que je n'avais pas avoué avoir menti, mais seulement admis que cette histoire de supermarché était ridicule. En fait, pour que l'on ne sache pas que je fouillais dans les poubelles des usines, j'aurais pu dire n'importe quoi d'autre.

Grochard a repris son interrogatoire, parce que maintenant je l'avais compris, ce n'était plus une discussion, comme à la maison, mais un véritable interrogatoire :

– Alors, comme ça, tu fouilles dans les poubelles, après le lycée, pendant qu'un gosse se fait tuer à quelques mètres de toi ?

– Je n'ai rien vu.

– Le corps du petit Romain Barral a été retrouvé dans un fossé rempli de déchets, près du monticule de terre qui sépare la route goudronnée de la zone industrielle. Tu étais donc en bas de ce monticule, de l'autre côté.

– C'est vrai, mais je n'ai rien vu, ni rien entendu… J'étais trop concentré.

– Concentré à quoi ? À chercher des boîtes de fromages dans les poubelles d'une cantine ?

– Euh… Oui…

– Ou concentré à bien te cacher ?

– Les deux, en fait.

– Quand on se cache, c'est qu'on a quelque chose à se reprocher…

– Je ne comprends pas.

– En tous les cas, tout ça ne nous dit pas pourquoi tu as menti…

– C'est vous qui me l'avez dit, que ma mère ne voulait pas qu'on apprenne que son fils fouille dans les poubelles.

– Et toi, ça t'étonne pas ?

– Quoi donc ?

– Que ta mère te demande de fouiller dans les poubelles, et qu'en même temps elle en ait honte ?

– Ben…

L'inspecteur Grochard a pris le téléphone et a demandé qu'on lui apporte l'arme du crime de l'affaire Barral. On a attendu quelques minutes et la porte s'est ouverte. Un policier a posé sur le bureau de Grochard un sac en plastique dans lequel il y avait une sorte de petite hache. L'inspecteur Grochard a pris le sac en me demandant de m'approcher :

– Tu sais ce que c'est, ça ?

– Oui.

– Je t'écoute.

– C'est une herminette.

– Chapeau. Et ça sert à quoi ?

– C'est une sorte de hache, pour dégrossir le bois.

– Tu fais des études pour devenir menuisier ?

– Oui.

– C'est un outil que tu utilises ?

– Très peu. Je travaille le bois déjà dégrossi. J'ai des collègues qui veulent travailler dans la tonnellerie qui utilisent souvent ce genre d'outils, mais pas moi.

– Des collègues ? Tu m'as dit que tu n'avais pas d'amis.

– C'était une façon de parler.

L'inspecteur Grochard s'est levé et m'a demandé de m'asseoir. Il s'est approché de l'autre policier et lui a demandé : « Tu en penses quoi ? » L'homme lui a répondu : « Je pense qu'il faut le garder. » Alors Grochard a dit : « Appelle ses parents. » J'ai entendu le policier dire à ma mère : « On va garder votre fils au poste, ne vous inquiétez pas pour lui, c'est pour lui éviter les allers et retours entre chez vous et chez nous. Le trajet entre Lille et Montespieux, c'est pas direct. On vous le rendra demain, il aura bien dormi, on a tout ce qu'il faut ici. Pour le lycée ? Vous n'aurez qu'à dire qu'il a la grippe… Non, je ne peux pas vous le passer, il est parti aux toilettes… À demain, madame Gourlet. » J'étais presque rassuré. J'ai osé demander : « Vous pensez que je pourrais avoir un pantalon propre ? » Alors les deux policiers ont rigolé et Grochard m'a répondu : « Tu te fous de qui ? Tu penses qu'on va nettoyer le cul d'un assassin d'enfant ? »

Je suis assis sur la chaise sur laquelle j'ai uriné. Ce n'est pas l'inspecteur Grochard qui m'interroge, c'est l'inspecteur Morlat. Il ressemble à un banquier, il est habillé comme les hommes qui habitent dans le lotissement aux villas neuves, il a un costume et il parle poliment, peut-être comme les gens du lotissement, mais je ne peux pas le savoir, puisque les gens du lotissement ne parlent jamais aux gens du village. L'homme me demande : « Donc, vous connaissez l'arme du crime ? » Je lui dis que oui, que je travaille dans le bois, et que donc forcément j'ai été amené à utiliser ce genre d'herminette. L'homme me demande pourquoi j'ai choisi de faire des études de menuiserie. Je lui réponds que c'est un peu grâce à ma mère, qui est passionnée de sculpture, et un peu grâce à mon père, qui a travaillé dans le bois quand il était plus jeune, et qu'il vivait dans le sud de la France. L'inspecteur Morlat me dit, l'air peiné : « C'est dommage, ce mensonge… » Je lui demande de quel mensonge il veut parler, parce que s'il fait allusion à celui concernant ma présence au supermarché, il faut qu'il sache que ce n'est pas moi, mais ma mère qui a eu cette idée de course que j'aurais effectuée après mon retour du lycée. Morlat me répond qu'il ne parle pas du supermarché. J'essaye de réfléchir, mais je ne me rappelle pas avoir menti à Grochard, alors je lui demande : « J'aurais menti quand ? »

L'inspecteur Morlat m'a demandé s'il pouvait me tutoyer. J'ai accepté, je préférais qu'il me parle comme à un gosse, et plus comme à un adulte. Grochard, lui, ne m'avait pas demandé s'il pouvait me tutoyer, avant de me tutoyer. C'était bien la preuve que les deux hommes étaient différents.

– L'inspecteur Grochard t'a bien demandé quand tu avais vu pour la dernière fois le jeune Romain Barral ?

– Oui, monsieur.

– Tu as commencé à parler du dimanche, puis du vendredi et enfin du jeudi…

– Parce que je ne me rappelais plus exactement… Je n'ai pas menti… J'ai hésité… J'avais oublié…

– Quoi qu'il en soit, ce n'est pas très bon, ça… Pas bon du tout… Le juge ne va pas apprécier.

– Le juge ? Quel juge ?

– Le juge d'instruction.

– Il sert à quoi, le juge d'instruction ?

– Dis-moi plutôt quelque chose de rassurant.

– C'est-à-dire ?

– Fournis-moi un vrai alibi.

– Un alibi… C'est quoi, un alibi ?

– Un alibi, c'est ce qui te permettra de retrouver tes parents, ta maison et tes copains le plus vite possible. Un alibi, c'est ce qui permettra de savoir ce que tu faisais au moment précis où le petit Romain Barral se faisait tuer.

– Et vous pouvez m'aider à fournir un alibi ?

– Bien sûr, je suis là pour ça. Et pour commencer on va trouver autre chose que cette histoire de recherche de boîtes de camembert dans les poubelles.

– Bon.

– Tu as soif ?

– Oh oui ! Je suis dans ce bureau depuis plus de huit heures, et j'ai un peu soif.

– Tu veux quoi ? Un peu d'eau, du jus d'orange, un Coca ?

– Un verre d'eau… Ou plutôt non, un Coca, si c'est possible.

– Avec un sandwich ? Tu dois avoir faim.

– Je n'osais pas vous le demander…

– Je vais te commander ça… Et en attendant, on va réfléchir à ton alibi.

L'inspecteur Morlat a téléphoné à l'un des policiers de l'accueil pour demander qu'on lui apporte un sandwich au poulet, une canette de Coca-Cola et que l'on n'oublie pas de préparer le lit d'Yvan Gourlet. Quand il a raccroché, il m'a demandé : « On t'a bien prévenu que tu restais dormir avec nous ? » J'ai répondu que oui, et que j'espérais que je ne dormirais pas dans un dortoir, avec plein de monde, parce que je n'aimais pas dormir à plusieurs, j'avais besoin d'être seul pour bien me reposer.

– Ne t'inquiète pas, on va bien s'occuper de toi. Si on te garde, c'est pour que tu retrouves ta mère et ton père le plus vite possible.

– Je… Je peux vous poser une question ?

– Mais bien sûr, Yvan.

– Pourquoi vous m'interrogez, moi ?

– Comment ça ?

– Au lycée, l'inspecteur Grochard et l'autre policier ne sont venus chercher que moi, j'ai été le seul à les suivre, alors qu'on est six cents lycéens.

– Mais tu plaisantes ! On questionne tout le monde.

– Ah bon ? Je pensais que l'inspecteur Grochard ne

m'aimait pas beaucoup, et que cela l'amusait de me parler mal.

– Mais pas du tout. Il s'agit d'un meurtre, Yvan, nous sommes obligés de parler à tous les gens du village, à tous les parents, à tous les enfants, sans exception. Grochard est un peu violent, mais il ne faut pas croire qu'il n'est violent qu'avec toi. C'est son caractère, et puis il faut avouer, la mort d'un gamin, ça ne contribue pas à calmer la police.

– Vous me rassurez. Je me sentais un peu seul dans tout ça.

– Mais non. Tu n'es pas seul. La preuve, je suis là, moi.

– C'est vrai. Et si c'était possible, j'aimerais que ce soit vous qui m'interrogiez dorénavant, et plus l'inspecteur Grochard.

– On verra… On verra si c'est possible.

– Je me sens bien avec vous, plus en sécurité.

– Bon ! Et cet alibi, on en fait quoi ?

– Je vous fais confiance, dites-moi ce qu'il faut que je dise.

– Le seul conseil que j'ai à te donner, c'est que tu dises la vérité.

– La vérité, vous la connaissez…

– Justement, elle ne constitue pas un alibi crédible.

– C'est pourtant ce que je faisais, je récupérais dans les poubelles des couvercles de boîtes de camembert pour compléter notre collection, à ma mère et à moi.

– Une collection de boîtes de camembert…

– Oui. On s'intéresse aux étiquettes. On est plusieurs à faire ce genre de collection, ça s'appelle faire de la tyrosémiophilie.

– On dirait une maladie.

– C'est quand on est passionné par les étiquettes de boîtes de fromages.

– Bien. On va donc noter cela. Mais avant, je vais te montrer quelque chose.

L'inspecteur Morlat a ouvert un dossier qu'il avait devant lui et il a pris, à l'intérieur, des photos qu'il a étalées sur la table, devant moi. J'ai reconnu le début d'une forêt, un monticule et des bosquets de ronces, l'intérieur d'un fossé. Une photo avait été prise de la route, on y devinait le toit fait de panneaux gris de l'usine Boulonex, on ne voyait pas les murs, cachés par le monticule de terre. L'inspecteur Morlat m'a demandé si je reconnaissais l'endroit, j'ai répondu que oui, et ensuite il m'a dit, en me montrant une autre photo : « Et celle-là ? Elle te parle ? » Je suis tombé à la renverse, l'envie de pisser m'a repris, je me suis retenu de ne pas tout lâcher, l'urine, la merde, le vomi, tout demandait à sortir de moi. Je venais de voir le corps démantibulé du petit Romain Barral dans un fossé, couché, les bras en croix, avec sa tête défoncée, le crâne ouvert duquel un morceau de cervelle pendait, et c'était insupportable. Ça rendait le corps inquiétant, de voir ce que l'on ne voit jamais, comme si les corps étaient des ennemis, occupés de l'intérieur par des monstres, tout gluants comme ce morceau de cervelle, qui pendait comme une langue.

L'inspecteur Morlat s'est levé et m'a aidé à me rasseoir. Il m'a demandé de bien regarder la photo :

– Tu reconnais le petit Barral ?

– Oui, bien sûr, c'est bien lui…

– Comment en es-tu si sûr ?

– Je ne sais pas… Je reconnais son blouson… Et la couleur de ses cheveux, la forme de son visage. Je ne sais pas.

– Tu as le sens de l'observation développé.

– Je le reconnais peut-être parce que je sais que c'est lui.

L'inspecteur Morlat a rangé les photos dans son dossier et il a demandé à un policier de venir saisir ma déposition. Les deux hommes m'ont demandé de répéter tout ce que j'avais fait, depuis ma descente du car scolaire, jusqu'à mon retour à la maison. Le policier avait posé mon sandwich et la canette de Coca-Cola sur le bureau, devant l'inspecteur Morlat, mais je n'ai pas osé y toucher, j'ai préféré attendre qu'on m'y autorise.

– Tu as donc été obligé de franchir le monticule de terre pour te rendre de l'autre côté de la zone industrielle, en direction de l'usine Boulonex ?

– Oui.

– Tu n'as vu personne rôder près des fossés ?

– Non. Personne.

– C'est le moment de nous aider, tu as peut-être vu le meurtrier sans le savoir.

– Non. Je n'ai vu personne.

– Tu n'as pas non plus remarqué les cantonniers qui commençaient à déblayer les ruisseaux ?

– Non. Je les aurais remarqués de loin, vu comment ils sont habillés.

– On te croit. Alors tu as fait quoi ?

– J'ai escaladé le monticule, je regarde toujours dans les fossés, parce qu'on ne sait jamais, parfois il y a des trucs intéressants, mais comme il n'y avait rien, je suis descendu vers l'usine.

– Tu as dû te faire mal.

– Non.

– Il y a de nombreuses ronces qui ont poussé, avant la descente vers la zone industrielle.

– C'est vrai.

– Et cela ne t'a pas empêché de passer ?

– Non.

– Tu n'as pas déchiré tes habits ?

– Un peu. Surtout le pantalon.

– Et il est où, ce pantalon ?

– Je ne sais plus. Je crois que ma mère voulait le jeter.

– C'est dommage.

– Elle voulait surtout le jeter parce qu'il était trop petit pour moi. Je mets souvent les affaires de mon frère, celles qu'il portait quand il avait mon âge, mais on n'est pas pareils, mon frère et moi, alors des fois, ses vêtements ne me vont pas. Le pantalon que j'ai déchiré, en haut du monticule, il était vraiment plus à ma taille, alors ma mère n'a pas voulu qu'on le garde.

– Bon. On lui posera la question. Et donc, ensuite, pour rentrer chez toi, tu es repassé par le même endroit ?

– Non. À cause des ronces, je suis passé par un autre chemin, en marchant sur la grosse canalisation qui débouche un peu plus haut, au niveau de la station-service, celle qui est pas loin du nouveau lotissement, celui aux villas qui ont des toits qui brillent.

– Ce sont des panneaux photovoltaïques.

– Je ne savais pas comment ça s'appelait. Mon père ne m'a pas dit comment ça s'appelait.

– En tous les cas, tu connais bien le coin, on dirait.

– Je viens souvent. J'aime bien me promener près de la rivière, un peu plus bas, là où il n'y a jamais personne.

– C'est normal. C'est tellement pollué.

– Oui. Mais moi ça ne me gêne pas.

L'inspecteur Morlat a demandé au policier qu'il lui imprime ma déclaration. J'étais très fatigué, j'avais envie de manger et ensuite de me coucher. Ces perspectives me faisaient du bien. J'étais finalement content de ne pas rentrer chez moi. Mes parents m'auraient questionné, surtout mon père, et je n'aurais pas eu la force de leur expliquer qu'il était bien normal, puisque le hasard m'avait conduit vers l'endroit où le corps du petit Romain avait été retrouvé, d'être interrogé afin de savoir si je n'avais pas croisé le meurtrier. Ils auraient voulu savoir tout ce que j'avais dit, si personne n'avait été méchant avec moi, et de répondre à leurs questions, même dans le but de les rassurer, m'aurait épuisé. Je n'espérais donc que deux choses, à cet instant de la journée : manger un peu et aller me coucher.

L'inspecteur Morlat a relu le document et me l'a tendu, pour que je le signe, en me disant : « Ne sois pas étonné, concernant le passage qui évoque ton pantalon, on a écrit que tu nous as dit que ta mère l'avait fait disparaître et non jeté, car cela sonne mieux. On n'a pas non plus évoqué le problème de taille, puisque si c'était si flagrant, tu n'aurais pas pu le porter… Tu peux me faire confiance, ce n'est pas la première déposition que je fais signer, je sais ce qu'il faut écrire ou ne pas écrire… » J'ai signé le document et j'ai demandé à l'inspecteur Morlat pourquoi il mangeait mon sandwich. Il m'a répondu qu'il préférait que je ne mange pas ce soir, parce qu'il craignait que la vision des photos du petit Romain me fasse vomir : « Cela a dû te choquer de voir ces photos, non ? Moi ce n'est pas pareil, c'est mon métier et je les avais déjà vues… » Le policier m'a fait lever, il m'a enfermé les poignets dans une paire de menottes et j'ai regardé l'inspecteur Morlat en lui demandant : « Je… J'ai besoin de ça pour aller dormir ? » Il ne m'a pas répondu et le policier m'a poussé dehors en disant à l'un de ses collègues : « Amène ce minable en cellule, il reste avec nous, il a pas encore tout dit… » Le policier m'a fait passer devant lui, brutalement, en me donnant un violent coup de poing dans le dos. On a descendu un escalier, dans le noir, et au bout d'un long couloir, sombre et humide, un autre policier nous attendait derrière un pupitre. Quand on est arrivés à son niveau, l'homme m'a dit : « À poil ! » J'ai regardé les deux policiers en demandant : « C'est… C'est-à-dire ? » Ils ont rigolé et ils m'ont dit que c'était la procédure, avant d'être enfermé, il fallait être fouillé. J'ai commencé à enlever ma chemise, puis j'ai déboutonné mon pantalon, qui a refusé de descendre, car il était collé à mes jambes, peut-être parce qu'il était trop petit. « Tu pues la pisse, mon garçon », a dit l'un des types. Et son collègue a répondu : « Il a fait sur lui… » J'ai retiré mes deux chaussures d'un coup de talon et je leur ai demandé si ce n'était pas possible de m'enlever les menottes pour que je puisse enlever mon pantalon. Le policier qui m'avait conduit jusqu'ici m'a retiré les menottes et s'est reculé en disant : « Tu pues vraiment, mon gars. » J'étais devant eux, en slip et tricot de corps. J'avais gardé mes chaussettes, je tremblais. Les policiers ont palpé ma veste, ma chemise et mon pantalon, puis les ont jetés au sol. J'ai pensé à ma mère, qui n'aimait pas voir le linge ainsi traité, même quand il était sale. Elle n'était pas maniaque, mais me disait souvent : « Il faut tout respecter, même la saleté, alors les affaires sales, on les plie comme si elles étaient propres. Et quand elles sont pliées, elles paraissent moins sales. »

– Tu attends quoi ? On t'a dit à poil !

– C'est-à-dire, tout nu ?

– Ouais ! La bite à l'air, mon garçon. On va te fouiller partout, c'est la loi.

J'ai commencé par enlever mon tricot de corps. C'était la première fois que j'allais me retrouver nu devant des inconnus. Je refusais de pratiquer les sports collectifs imposés par le lycée pour ne pas prendre de douche avec mes camarades de classe. Je n'aimais pas mon corps, je lui en voulais à ce ramassis d'os trop longs, et de chair trop grasse, de m'imposer sa loi, celle du plus faible. Depuis que j'avais compris que le « robinet », comme disait ma mère, ne servait pas qu'à uriner, je ne me montrais plus tout nu devant mes parents. Aucune fille, non plus, ne m'avait vu sans rien sur moi. C'était ma première fois. C'est quand j'ai senti le froid de l'endroit sur l'ensemble de mon corps, et les regards mauvais des deux policiers posés sur moi, que j'ai compris que j'allais trembler comme jamais avant je n'avais tremblé. Ce n'était plus Yvan Gourlet qui était nu devant des inconnus, mais un corps que je ne connaissais pas, moi qui préférais la pénombre pour explorer mon intimité. L'un des policiers, qui avait la main droite dans un gant de plastique blanc, m'a fait basculer le torse en avant et j'ai senti sa main de caoutchouc palper entre mes jambes et à l'intérieur de mon cul. Ce moment, définitivement, m'a découpé en deux. On allait enfermer Yvan Gourlet dans une cellule, et on laisserait sur le carrelage blanc les dernières lubies d'un gamin de dix-sept ans. Quand les deux policiers m'ont demandé de me rhabiller, ce que j'aurais dû prendre comme une libération a constitué une deuxième punition. Je paniquais pour enfiler mon slip, comme si tout ce que je cachais, jusque-là, était devenu trop visible, et que tout ce qui était visible était dramatiquement insignifiant, ridicule et misérable ; comme si tout ce que je cachais ne méritait pas d'être caché.

Mes habits, qui n'étaient plus les miens, qui étaient des traîtres puisqu'ils ne m'avaient pas protégé des regards, faisaient comme une croûte sur ma peau, une démangeaison, un truc en trop. J'aurais voulu me gratter, comme parfois je me gratte, quand derrière les oreilles des plaques rouges et puantes apparaissent, les lendemains de certains jours.

On m'a emmené dans une cellule, ce n'était pas un dortoir, et c'est peut-être la raison pour laquelle je me suis dit que je n'allais pas rester dans cette pièce sombre très longtemps. J'avais encore l'espoir que l'inspecteur Morlat s'occupe bien de moi. J'ai demandé aux policiers : « Je vais pouvoir dormir quand ? Vous revenez me chercher bientôt, pour que je puisse me reposer ? » Les deux hommes sont partis et le plus jeune a dit : « Bonne nuit, Gourlet, fais de beaux rêves. » Je me suis allongé sur un banc dont la faible largeur empêchait de se coucher sur le dos. J'avais les jambes recroquevillées, et moi qui suis grand, j'essayais de me caler pour ne pas tomber. Je me suis redressé quand j'ai compris que je ne pourrais jamais m'endormir dans ces conditions. Au même moment, les portes de la cellule se sont ouvertes. J'ai pensé que l'on venait finalement me chercher, pour s'excuser : « Votre lit a été fait, et il est dans l'autre pièce, l'inspecteur Morlat avait laissé des ordres très précis… Mais il faut nous comprendre, on est un peu débordés… » C'était en fait un autre homme que l'on enfermait avec moi. Il puait comme pue mon père quand il rentre trop tard du bar, quand il fête, tous les vendredis soir, avec ses collègues de l'usine, la fin de sa semaine de travail. Le lit promis par l'inspecteur Morlat n'existait pas.

L'homme qui va partager ma cellule est un Maghrébin que je ne connais pas. Mon père connaît quelques familles arabes, qui vivent dans un immeuble, construit près de la zone industrielle, de l'autre côté de la rivière. Dans un quartier qui a la réputation de ne pas être très surveillé par la police parce que la police ne peut pas tout surveiller. Mon père les connaît, puisqu'il en parle souvent, de ces Arabes qui n'ont qu'à rentrer chez eux, qui ne sont en France que pour profiter de nos impôts et faire des gosses pour toucher l'argent de la Sécurité sociale. Quand mon père parle comme ça, ma mère lui répond : « Ils sont aussi français que toi puisqu'ils sont nés ici, tu veux les renvoyer où ? » Alors mon père se sert une autre bière en disant : « C'est à cause de gens comme toi, et de ce genre de raisonnements, que la France est foutue, et que dans vingt ans on ne boira plus de vin et qu'on sera tous habillés en pyjama. Je rigolerai bien quand tu seras obligée de mettre le voile, tu feras moins la belle ! » L'homme qui est agrippé aux grilles de la cellule, je pense qu'il ne m'a même pas remarqué. Il gueule qu'on le libère sinon ses frères et ses cousins vont venir foutre le feu au poste de police : « Sales Français, je vous nique jusqu'à dix générations, sur la vie de ma mère, je vais vous cramer, tous, je le jure devant le Prophète ! » L'homme va gueuler ainsi pendant plusieurs heures. Personne ne cherchera à le faire taire. Et puis il s'écroulera, une forte odeur de transpiration et d'alcool accompagnera ses premiers ronflements, et moi je le regarderai, jusqu'au matin, sans pouvoir m'endormir.

Un policier a cogné sur les grilles avec sa matraque en hurlant : « Réveil ! Qui veut un café ? » Le Maghrébin s'est levé en marmonnant. Il m'a vu, il m'a parlé mais je n'ai rien compris. Je me suis levé pour me rapprocher de la grille. Le type m'a attrapé par le bras en disant : « Je t'ai jamais vu toi, t'es là pour quoi ? » Je n'ai pas réussi à répondre et le policier est passé devant nous : « Alors Rachid, tu t'es fait un nouveau copain ? » J'ai demandé au policier : « On peut boire autre chose que du café ? » Mais le policier ne m'a pas répondu et Rachid s'est rapproché de moi en me disant : « Je veux savoir qui t'es. T'es une balance ou quoi ? La dernière fois, je l'ai cramé celui qui m'a balancé, alors t'es qui ? » Je me suis réfugié au fond de la cellule, mais l'homme ne m'a pas lâché. L'odeur infernale de transpiration et d'urine et la peur m'empêchaient de respirer normalement, j'ai paniqué, j'ai voulu disparaître, ne plus existter, fuir ce moment, et peut-être tous les autres. J'ai eu l'impression que mes parents étaient partis vivre sur une autre planète, que je n'entendrais plus jamais parler d'eux, que j'étais abandonné. Si un policier était entré dans la cellule pour m'annoncer leur mort, mon sentiment de solitude n'aurait pas été plus présent qu'en cet instant. Finalement, on est venu me chercher à midi. Je le sais parce qu'on me l'a dit. Le policier m'a remis les menottes et m'a dirigé vers des pissotières. J'ai été incapable d'uriner. J'ai regardé la fresque marron qui avait été dessinée par les anciennes pisses et j'ai dit au policier : « Je n'arrive pas à faire pipi quand on me regarde. » L'homme a rigolé et m'a autorisé à boire au robinet d'un lavabo qui puait autant que la Dourde. Le policier m'a sorti de la pissotière en me poussant, en me donnant des petites tapes avec le plat de la main, comme j'avais vu faire sur le cul des vaches par les derniers fermiers de Montespieux.

Au loin, comme un tracteur qu'on démarre, l'orage se prépare. Le bruit de la pluie est un bruit qui me rassure, comme si tout ce qui pouvait remplacer le silence pouvait me rassurer, comme si tout ce qui pouvait m'empêcher de me croire seul pouvait me réconforter. Avec le bruit de la pluie je me sentirai mieux, comme lorsque je suis dans ma chambre, sous mes draps, avec un bol de chocolat fumant sur ma table de nuit, et les plans d'une maquette sur la couverture, et l'orage qui gronde dehors, et moi protégé par le regard de ma mère qui vient de téléphoner au lycée pour leur dire que je suis malade, alors que je n'ai rien, mais que je fais semblant, parce que cela me fait du bien de rester à la maison, quand je ne me sens pas capable d'affronter les garçons de ma classe.

Un policier m'a ramené dans le bureau de l'inspecteur Grochard. C'est en le voyant que j'ai pissé dans mon pantalon. J'ai fait comme si de rien n'était, mais la sensation de chaud a vite disparu au profit d'un froid glacial qui n'allait pas me quitter. C'est ensuite que j'ai entendu le bruit de la pluie sur la toiture et sur les vitres et, malheureusement, cela ne m'a pas rassuré. C'est alors que j'ai compris que ce n'était pas le bruit de la pluie qui me rassurait, mais simplement la présence de ma mère.

L'inspecteur Grochard lisait le document sur lequel était écrit ce que j'avais dit la veille à l'inspecteur Morlat. Il était assis, il ne m'a pas regardé quand je suis entré, il avait les pieds posés sur son bureau. Moi, je suis resté debout. J'avais faim. Le goût de l'eau bue dans la pissotière remontait dans ma gorge, j'avais l'impression de faire connaissance avec mon corps, d'être plus attentif qu'avant aux mauvaises sensations. Je n'étais plus le même depuis que je m'étais retrouvé nu devant des inconnus. Le dévoilement allait continuer car, en présence de Grochard, j'avais la certitude de ne rien pouvoir cacher.

L'inspecteur Grochard m'a dit : « Je vois qu'on avance… Ça va pas vite, mais on avance. Tu as reconnu avoir menti la première fois, quand tu ne voulais pas qu'on sache que tu étais à quelques mètres de l'endroit où l'on a retrouvé le corps du petit Romain. Tu as reconnu finalement être passé devant le fossé dans lequel il a été jeté. Tu as reconnu l'arme du crime, qui est un outil que tu connais, puisque tu l'utilises, et ta mère a fait disparaître ton pantalon, celui que tu portais le jour du meurtre… Il ne me reste plus qu'à recueillir ton aveu. »

Il n'y a que l'inspecteur Grochard et moi. Nous sommes seuls dans le bureau. Le mot « aveu » ne signifie pas grand-chose pour moi. Ce n'est pas cela qui me fait tomber sur le sol. Ce qui me fait tomber sur le sol, sur ce carrelage froid, c'est de comprendre que ce que je dis a deux significations : une pour moi et une pour la police. Je m'effondre en fait d'admettre que toute ma vie repose sur un mensonge que j'essaye de cacher par la fuite, par le silence, par le refus d'un corps et d'une tête qui ne donnent à personne l'envie de me comprendre. C'est pour cette raison que je suis si bien avec ma mère, pas parce qu'elle m'aime, et que m'importe d'ailleurs qu'elle m'aime, mais parce qu'elle me comprend. Tout le temps, sans répit, sans effort, instinctivement, fatalement, peut-être à contrecœur, elle me comprend. Et c'est ce qui me fait du bien, qui me rend serein, quand je suis avec elle, savoir que je n'ai rien besoin de faire ou de cacher, puisque je suis compris. Oui, c'est ce que je pense, malgré ce que je suis, ma mère me comprend.

L'inspecteur Grochard m'a aidé à me relever mais refuse que je m'assoie : « Tu pourras t'asseoir quand tu seras d'accord pour me dire la vérité. Et quand tu m'auras dit la vérité, je te promets une belle surprise. Je te promets que tu pourras rentrer chez toi… » Je suis un être faible, et je ne vois pas pourquoi je me refuserais ce droit, cette perspective, celle de revoir mes parents. Retrouver la maison, mes habitudes et ce confort que je considère comme mon seul bonheur, et dont je me satisfais, m'incite à demander à Grochard :

– Vous voulez savoir quoi, en fait ?

– C'est très simple… Je veux connaître la vérité.

– La vérité… Quelle vérité ?

– Celle qui expliquera tout…

– C'est-à-dire ?

– Je veux que tu me dises comment tu as tué le petit Romain.

Je pense que Grochard est fou, ou qu'il pense s'adresser à la mauvaise personne. C'est ce que je lui dis. Alors il devient réellement fou, il commence à hurler, me demande de me coucher sur le sol, me demande si je veux qu'il pisse sur moi, comme moi qui pisse sur tout le monde depuis deux jours, et qui chie sur la mémoire d'un gosse, et sur la dignité de la famille Barral. Ensuite, il me dit de me relever : « Plus vite, il me dit, plus vite ! Je vais te faire tout avouer, t'entends mon gars ? Il me faut un coupable, et tu sortiras pas de là tant que je l'aurai pas ! » Quand je suis debout, il appelle son collègue : « Renvoie-le en cellule, il faut qu'il comprenne qu'il sortira pas tant qu'il aura pas avoué ! » Le policier m'attrape par les épaules et me conduit dans une autre cellule, encore plus sale, et dans laquelle on a posé un pot en métal de peinture vide sur lequel je reconnais, malgré l'usure, la marque Ripolin, car ce sont les mêmes lettres que celles qui sont inscrites sur les pots de peinture de mon père. « C'est pour tes besoins, me dit le policier, on en a marre que tu nous chies sur les bottes ou dans ton froc, on est des gens civilisés, nous, on pisse pas dans nos frocs… » L'homme est parti, il m'a laissé seul, enfin je vais pouvoir me vider, me laisser aller, et profiter de ce moment de solitude, et évacuer toute la merde que j'ai en moi. Je suis à peine assis sur le pot de peinture, les cuisses posées sur le rebord rouillé, que deux autres policiers, que je vois pour la première fois, entrent dans la cellule : « À poil Gourlet, on a oublié de te fouiller… » Je regarde les deux hommes, je reste assis sur le pot de peinture, avec cette odeur typique d'essence qui ne fait pas oublier celle de la merde que j'ai au cul. Je me lève, je n'ai rien pour m'essuyer, et je me déshabille, sans chercher à savoir si c'est normal, ou pas, de subir autant d'humiliations.

Je suis encore nu. Je n'ai jamais été aussi souvent nu de ma vie, même chez ma mère, moi qui ne prends qu'une douche par jour, le soir, après l'école, comme s'il fallait que je nettoie toutes les injures de la journée. Je prends une douche tous les soirs, et encore… Je fais ça si vite, pour éviter de me voir dans le grand miroir de la salle de bains, et si rapidement, pour sentir le moins longtemps possible l'eau sur mon corps, que parfois je me demande si je me suis lavé.

Les policiers m'ont obligé à retirer mes chaussettes. Mes pieds baignent dans une flaque épaisse et noire, un genre de petite boue, mes vêtements sont en train d'absorber le même jus, car ils m'ont interdit de plier ma chemise et mon pantalon, et que j'ai dû les jeter au sol. Après quelques minutes, les deux policiers repartent, sans me fouiller, et moi j'attends, je me méfie : « Et s'ils revenaient, et s'ils me voyaient en train de me rhabiller, que me feraient-ils ? » Alors je reste debout, les deux mains bien à plat, pour cacher le peu que j'ai à cacher, mais qui me fait si honte.

L'inspecteur Morlat est venu me voir dans la cellule. Il a l'air de regretter tout ce que l'on me fait subir. Il me demande d'être coopératif, que c'est la seule condition pour qu'il puisse me faire libérer. Il ne voit que ça pour que je retrouve mes parents : « Tu sais, Yvan, tout ce que tu diras à l'inspecteur Grochard ne vaut rien. L'important, c'est devant le juge, c'est à ce moment que tu pourras vraiment parler. On est en France, on n'enferme pas quelqu'un quand il est innocent, tu n'as donc rien à craindre. Je ne vais pas te cacher que tu étais au mauvais endroit, au mauvais moment. Raconte à Grochard ce qu'il veut entendre et ensuite, devant le juge, tu diras tout. Tout ce qu'on t'aura fait subir ici. Sois courageux, Yvan, je sais que tu vaux mieux que ce que tu es… »

L'inspecteur Morlat me dit les mots qui me rassurent. Alors je lui demande pourquoi je n'ai pas dormi dans un lit normal, hier soir, comme il me l'avait promis. L'inspecteur est vexé, il m'engueule presque : « Mais enfin,

Yvan, tu me prends pour qui ? Évidemment que je me suis occupé de toi, mais c'est Grochard qui décide, qui cherche à te faire craquer. La preuve, tu as bien vu qu'avant de t'enfermer au dépôt, les gars t'ont fait enlever les lacets de tes souliers, et ta ceinture, pour que tu ne te suicides pas, pour que tu ne te pendes pas… » Je demande : « Pourquoi vous me dites ça ? Parce qu'il y en a qui se suicident ? » L'inspecteur Morlat me répond à voix basse : « Bien sûr, Yvan, mais ça ne se répète pas, tu comprends ? Quand tu sortiras, quand tu auras dit à Grochard ce qu'il veut entendre et que tu seras sorti de cet enfer, je compte sur toi, ne répète à personne ce que je viens de te dire… »

On me ramène dans le bureau de Grochard. Un policier est avec lui, le même qu'hier, qui va sûrement écrire ce que l'on va m'obliger à dire. Grochard a l'air content. Il me propose de m'asseoir. Je suis rassuré. J'ai envie de suivre les conseils de l'inspecteur Morlat. J'attends les questions, je suis serein. Soudain, le téléphone sonne. Grochard répond agressivement : « Oui ! Qui ça ? Oui… Passez-la-moi… Allô ! Écoutez-moi bien, madame Gourlet, dans mon bureau, j'ai tous les droits. Votre fils sortira de chez moi quand je le déciderai… Je me fous de la loi, j'ai un crime à résoudre… Les droits de votre fils ? Il en a pas beaucoup, à mes yeux, des droits, votre fils, si vous voulez savoir ! Moi, j'ai un coupable à trouver, et ça me donne tous les droits, vous entendez ? J'ai besoin d'un coupable, et je le trouverai, et si je considère que votre fils doit rester en garde à vue vingt-quatre heures de plus, il restera vingt-quatre heures de plus… C'est pas compliqué… Comment ? Eh bien, faites ! Contactez tous les avocats que vous voulez, ça ne changera rien… » Grochard raccroche le combiné, puis il me regarde méchamment, et il sort du bureau en me disant : « Toi ! Tu te mets debout et tu m'attends ! » Le policier qui est resté assis derrière le bureau s'amuse avec un trombone. Il a un visage avenant, il est jeune, il ne me fait pas peur, alors je lui demande : « Vous pensez qu'il a le droit de me faire subir tout ça, l'inspecteur Grochard, de me parler sur ce ton, de me traiter comme un moins que rien ? » L'homme me regarde, se cure les dents avec l'extrémité du trombone, et me dit : « Je cause pas à un tueur d'enfant. » Grochard est de retour et avec lui toute sa haine, celle qu'il me consacre depuis deux jours. Je suis toujours debout et l'inspecteur n'attend pas pour me dire : « Tu sais pourquoi je suis sorti du bureau ? » Je ne sais pas trop quoi répondre, alors je lui dis :

– À cause de ma mère ?

– Aucun rapport, ta mère peut gueuler tout ce qu'elle veut, le juge est avec moi, et il me fait confiance. En fait, un de mes collègues, qui enquête sur le meurtre, avait un truc nouveau à me dire.

– Qui me concerne ?

– Parfaitement. On t'aurait vu, près de l'usine Boulonex.

– Je ne vous ai donc pas menti.

– On t'aurait vu, mais pas le nez dans les poubelles.

– C'est normal, il y a un mur pour cacher les poubelles, et moi j'étais derrière le mur.

– On t'aurait vu en bas du talus en train de jeter un objet en métal à l'endroit où on a retrouvé l'arme du crime.

– C'est… C'est impossible.

– Donc, je vais te poser une question très simple : tu as jeté quoi près du monticule de terre, dans un des ruisseaux qui le bordent ?

– Rien… Rien… Je n'ai rien jeté.

– Tu es sûr ? Réfléchis bien.

Je pense à l'inspecteur Morlat, je pense à ma mère qui a téléphoné parce qu'elle doit s'inquiéter pour moi, je pense au juge, devant lequel je pourrai parler sans la présence de Grochard à mes côtés ; et c'est en pensant à tout cela que je dis : « J'ai jeté une boîte en fer que j'avais trouvée dans la poubelle, une boîte dans laquelle je pensais mettre les étiquettes des camemberts que j'avais trouvées, mais finalement je ne l'ai pas gardée, et je l'ai jetée… » Grochard s'approche de moi, très intéressé :

– Tu trouves une boîte dans une poubelle, et tu la jettes dans la nature…

– C'est idiot, mais c'est vrai.

– Tu es un pollueur alors, un « pourrisseur »…

– J'ai fait ça sans réfléchir…

– Et c'était quel genre de boîte ?

– Une boîte de biscuits.

– Il y avait une marque dessus ? Un dessin ? Un détail particulier ?

– Oui. Il y avait marqué « Sablés bretons au beurre salé ».

– Et c'est tout ?

– Non. Il y avait aussi marqué « 64 biscuits, format familial ».

– Très bien… Très bien… Je vais envoyer une équipe pour vérifier si la boîte est toujours là-bas.

Je me suis assis, sans demander à Grochard s'il était d'accord. J'avais fait un grand pas à l'intérieur de moi. Cette histoire de boîte m'était venue comme ça. Mon père était bricoleur, il possédait toutes sortes d'outils, et pour classer les vis, les clous et les boulons, il avait installé une dizaine de boîtes en fer, dans l'abri de jardin, dans lesquelles il rangeait toute sa quincaillerie par ordre de taille. Mon père avait choisi cette astuce de rangement parce que le cuisinier de la cantine de Boulonex lui avait proposé de lui donner les boîtes de biscuits plutôt que de les jeter. Je me suis dit qu'avec un peu de chance, on trouverait le même genre de boîte dans les environs de l'usine. Je me suis même dit, c'est dire dans quel état d'excitation j'étais, que je pourrais demander à mon père d'aller jeter l'une de ses boîtes en fer, dans laquelle il rangeait ses clous, pour prouver ma bonne foi si les hommes de Grochard n'en trouvaient pas. J'avais changé, comme ça, sans explication, ma mère avait peut-être raison, j'étais peut-être un génie et mon cerveau commençait à s'exprimer enfin. Il avait fallu ce contexte et toutes ces brimades, bien plus sournoises et sadiques que celles que j'endurais au lycée, pour peut-être enfin me révéler. Grochard a l'air content, lui aussi. Il téléphone à l'inspecteur Morlat et lui demande de venir. Il lui raconte ce que j'ai révélé, et cela semble diablement important. En l'attendant, Grochard me demande si je veux boire un verre d'eau. Je lui rappelle que cela fait deux jours que je n'ai pas mangé, alors il demande au policier, celui qui s'occupe de taper mes déclarations, d'aller me chercher un sandwich. Subitement tout va bien. Il a simplement fallu que je raconte cette histoire de boîte de biscuits pour que tout s'arrange. Je me dis que peut-être, avant, si j'avais osé parler avec autant de conviction, ma vie n'aurait pas été celle que je subis.

Nous attendons en silence, Grochard et moi ; comme deux vieux amis, qui s'aiment bien mais qui n'ont rien à se dire. Et puis la porte s'ouvre et l'inspecteur Morlat fait son apparition. Il demande à Grochard : « J'espère que tu n'as pas été trop violent avec le gamin. » Grochard lui dit que tout s'est bien passé, et que j'ai reconnu avoir jeté un objet métallique derrière le monticule, en l'occurrence une boîte de biscuits en fer, comme l'avaient affirmé les témoins. Et c'est alors que tout s'est écroulé. Ma confiance nouvelle, et donc fragile ; et l'ambiance sereine, et donc douteuse après ces heures sinistres. Les deux hommes me font face. C'est l'inspecteur Morlat qui va parler le premier, et ce n'est pas pour m'annoncer une bonne nouvelle :

– Pourquoi as-tu dit ça, Yvan ?

– Pourquoi j'ai dit quoi ?

– Pourquoi as-tu raconté cette histoire de boîte, que tu aurais jetée ?

– Je n'ai fait que dire la vérité. Monsieur Grochard m'a dit que l'on m'avait vu en train de jeter un objet en métal, pas loin du monticule, alors j'ai dit la vérité.

– Le problème, Yvan…

– Oui ?

– Le problème, c'est qu'il n'y a jamais eu de témoins. Personne ne t'a vu jeter quoi que ce soit. C'est un piège que t'a tendu l'inspecteur Grochard. Il est persuadé que tu mens, depuis le début. Moi je te défends, depuis le début. Alors il a pensé à cette histoire de faux témoins, qui auraient dit t'avoir vu jeter un objet en métal près de l'endroit où l'on a retrouvé l'herminette qui a servi à l'assassin pour tuer le petit Romain, et tu es tombé dans le panneau.

Évidemment, je n'ai pas su quoi répondre à l'inspecteur Morlat. Je l'avais déçu, selon ses dires, et je n'avais plus de soutien dans cet enfer. Grochard se caressait la bedaine, comme le chasseur qui a enfin compris qu'il ne rentrerait pas bredouille. L'inspecteur Morlat s'est levé et s'est approché de moi. Je me suis senti moins seul, comme si le fait de faire face à Grochard, à deux, renforçait mon faible courage. L'inspecteur Morlat m'a dit :

– Tu comptes faire quoi, Yvan ?

– Je ne sais pas…

– Tu veux revoir tes parents ?

– Je ne pense qu'à ça.

– Alors il va falloir avouer.

– Avouer quoi ?

– Nous raconter tout ton périple, depuis le début, et comment tu as fait pour tuer le petit Romain.

– Et si je vous dis tout, je pourrai revoir mes parents ?

– On te le promet.

– Je pourrai les voir, et leur parler ? Je pourrai être seul, avec eux ?

– Bien sûr. Ici même.

– Et je pourrai aller voir le juge, ensuite, avec eux ?

– Bien sûr, c'est la loi qui te le permet. On ne fera que la respecter.

C'est pourquoi j'ai tout avoué, un nouveau mensonge, mais qui semblait convenir aux policiers, un mensonge qu'ils ne me reprocheraient pas.

J'ai dit : « Je suis prêt à tout avouer, mais seulement à vous. » Alors, l'inspecteur Morlat a demandé à Grochard de lui laisser sa place. C'est l'inspecteur Morlat qui s'est assis en face de moi, et c'est Grochard qui s'est installé un peu en retrait, à côté du policier qui allait taper mes aveux. J'ai fait l'effort de ne penser qu'à l'inspecteur Morlat, et j'ai éprouvé le besoin de me confier, non pas au sujet de ma responsabilité dans le meurtre de Romain Barral, mais au sujet de mon calvaire, qui constituait l'intégralité de ma vie, et qui avait fait de moi une victime. En fait, ce que je pensais, c'est que mon sort était plus pathétique que celui du garçon mort, puisque moi je devais me supporter encore.

– Le frère aîné de Romain Barral, Bruno Barral, a quitté l'école à 17 h 05 au guidon de sa mobylette. Habituellement il arrive chez ses parents vers 17 h 30. C'est immuable. Sa mère lui demande de garder son petit frère, qu'elle est allée chercher à l'école de Montespieux, pendant qu'elle fait les courses au supermarché. Ce jour-là, ce lundi 19 mars, Bruno Barral crève. Il n'a rien pour réparer le pneu de sa mobylette, alors il appelle son père qui va venir le récupérer. Ils rentreront chez eux vers 19 heures. Pendant ce temps, madame Barral laisse le petit Romain seul chez eux, et s'en va au supermarché. Elle est obligée de faire des courses tous les jours, parce que son mari ne veut pas acheter de frigidaire, il dit que cela pousse à la dépense. On pense que le jeune fils des Barral a réussi à quitter la maison en franchissant le petit muret du jardin, puisque la mère avait fermé la porte d'entrée à clé. Il se serait échappé de chez lui entre 17 h 30 et 18 h 15, puisque le médecin légiste estime l'heure de la mort du gamin aux alentours de 18 h 30-18 h 45. Toi, Yvan Gourlet, tu as pris le bus à 17 h 09, d'autres camarades du lycée l'ont confirmé, et tu es descendu à l'arrêt de Montespieux à 18 h 03. Ensuite, plus personne ne te voit. Sauf la mère de Romain Barral, qui te voit passer devant chez elle, à 19 h 10. Elle nous a dit qu'elle était dans le jardin, et que tu es passé sans lui dire bonjour, d'ailleurs tu ne dis pas bonjour à grand monde au village. Au moment où tu passes devant la maison des Barral, ils ne savent pas où est Romain, mais ils ne s'inquiètent pas trop. La mère envoie son fils aîné, Bruno, le chercher dans le village. Le père n'est pas à la maison, à cet instant, car après avoir déposé son fils et la mobylette chez eux, il est allé retrouver ses amis au club de foot. Maurice Barral dit qu'il ne s'est pas inquiété pour son fils, et même si cela est moralement condamnable, cela ne fait pas de lui le meurtrier de son fils. Voilà Yvan, ce que l'on sait. Maintenant tu vas me remplir les trous, on est d'accord ?

– Oui, monsieur.

– Donc, quand tu descends du bus, à Montespieux, tu fais quoi ensuite ?

– Je décide d'aller dans la zone industrielle pour chercher des boîtes de fromages dans les poubelles de l'usine de mon père.

– Bien. Et tu passes donc par le monticule qui sépare la zone industrielle de la route départementale ?

– Oui.

– C'est à ce moment que tu déchires ton pantalon dans les ronces.

– Oui.

– Un pantalon que ta mère, comprenant la bêtise que tu as faite, préférera jeter en prétextant qu'il est trop petit pour toi.

– C'est ça.

– Parce que tu y viens souvent dans cette zone.

– Oui.

– Combien de fois, en moyenne ?

– Au moins dix ou douze fois dans le mois.

– Et tu ne déchires jamais tes pantalons dans les ronces ?

– Non. Jamais. Je fais toujours attention, on n'est pas riches à la maison, je ne vais pas commencer à gaspiller l'argent de mes parents.

– C'est une bonne intention. Mais ce jour-là, tu paniques, ce qui explique que tu auras couru sans faire attention aux ronces.

– C'est ça.

– Tu auras paniqué parce que tu auras frappé Romain Barral à la tête, et qu'il aura beaucoup saigné.

– Voilà.

– Et pourquoi avoir frappé ce garçon ?

– Parce que… Parce que…

– Je t'écoute, Yvan.

– Parce qu'avec son frère, chaque fois que je passe devant chez eux, ils se moquent de moi. Ils me jettent des pierres.

– Mais ce jour-là, Bruno n'est pas là, il n'est pas avec Romain.

– Non.

– Alors que t'a dit, ou fait, Romain Barral pour que tu éprouves autant de haine à son encontre ?

– Il s'est moqué de moi. Il m'a dit que je n'étais bon qu'à ça, qu'à fouiller les poubelles. Parce que j'étais trop laid, et que c'était pour ça que je puais, parce que je fouillais les poubelles, et qu'il le dirait à tous les gars du village, et que tout le monde se foutrait bien de moi, et que peut-être on m'enfermerait à cause de ça.

– C'est pas gentil.

– Non.

– Et ça mérite que l'on tue pour ça ?

– Disons que… Que c'était la fois de trop.

– Et qu'il était seul, sans son grand frère pour le protéger…

– Peut-être… Peut-être aussi.

– Tu l'as tué avec quoi ?

– Je l'ai frappé avec une herminette.

– Qui venait d'où ?

– De… C'est-à-dire que je ne m'en souviens plus très bien.

– Il y en a au lycée ?

– Oui. Il y en a plein au lycée, ça nous arrive d'utiliser parfois ce genre d'outils.

– Alors on va dire que tu l'as prise au lycée, cette herminette, on est d'accord ?

– Oui. Et puis c'est logique.

– J'ai une autre question à te poser. Pourquoi as-tu volé cette herminette ? Tu avais prémédité ton geste, tu voulais l'utiliser pour tuer ?

– Euh…

– On va dire que tu voulais l'offrir à ton père… Non ? C'est ça ?

– Euh, oui.

– Parce que ton père a déjà travaillé le bois, dans sa jeunesse, comme tu nous l'as dit. Et comme tu n'as pas trop d'argent, tu t'es dit que ce ne serait pas si grave que ça de voler cet outil pour l'offrir à ton père, pour son anniversaire. On a vu que ton père était né le 20 mars 1948. Donc ça colle.

– Oui, monsieur.

– Bon, et ensuite, après avoir tué le petit Romain, tu as fait quoi ?

– Eh bien…

– Tu es allé te cacher derrière le mur des poubelles. Pour que l'on ne te voie pas, et tenter de ramener des boîtes de fromages… Il te fallait un alibi.

– Un alibi…

– Bien sûr.

– Bon.

– Et tu es rentré chez toi vers 19 h 30.

– Voilà.

– Bien ! Comme tu vois, ce n'était pas si difficile.

– Non. Et puis ça fait drôle, comme si j'étais soulagé.

– Tu vas nous signer tout ça, et ensuite on va appeler tes parents.

Grochard s'est levé, il a récupéré les documents que venait d'imprimer le policier, il a posé les feuilles sur le bureau et l'inspecteur Morlat m'a tendu un stylo. Je n'ai pas regardé les deux hommes, j'ai signé où l'on m'a dit, sans relire, et Grochard a hurlé : « Ça y est, on le tient ! J'en étais sûr que c'était toi ! Et crois-moi, avec tout ce que tu viens d'avouer, le procès ira vite, fais-moi confiance ! » Grochard est sorti du bureau. On l'a entendu hurler pour que tout le poste de police l'entende : « Il a avoué ! On l'a fait craquer… Il a tout dit, j'avais raison ! » L'inspecteur Morlat s'est levé, il m'a dit que l'on allait appeler mes parents, que je pourrais les voir, comme il me l'avait promis. Il m'a demandé si j'avais une dernière question à lui poser, avant qu'il me laisse seul. Je lui ai dit que oui, et j'ai demandé :

– Et donc, devant le juge, il faudra que je dise quoi ?

– Tu lui diras la même chose qu'à nous.

– Ah bon ? Vous pensez ?

– Oui. Je pense qu'il ne faut pas perturber les choses. Et puis tu n'as pas à t'inquiéter, je serai toujours là pour te conseiller.

– C'est vrai qu'avec vous, ce n'est pas comme avec l'inspecteur Grochard.

– Si c'est toi qui le dis, c'est que c'est sûrement vrai…

Je suis resté seul dans le bureau, avec un policier qui mâchait un chewing-gum. J'ai attendu en fixant mon regard sur une trace noire qui séparait une vitre en deux parties. Je regardais la partie gauche, puis la partie droite, en me demandant si l'une pourrait exister sans l'autre. Je me suis demandé si celle de droite dépendait de celle de gauche ; ou si celle de gauche dépendait de celle de droite ; ensuite j'ai pensé à celui qui, un jour, effacerait la trace noire, ce qui aurait pour conséquence de faire disparaître les deux formes étranges qui se partageaient la vitre. Alors j'ai compris qui j'étais, moi, dans tout ça. Une simple trace que l'on voulait effacer, mais qui avait son importance puisque c'était grâce à moi que Grochard justifiait sa haine de l'autre, et que c'était aussi grâce à moi que le petit Romain Barral était devenu un martyr.

J'ai continué de penser, sous le regard morne du policier qui mâchouillait bruyamment, je n'étais plus en prison, j'étais sur la vitre, j'existais, je méprisais Grochard et le petit Romain Barral, par la faute de qui je vivais ces heures.

La porte du bureau s'ouvre comme une main qui se prépare à gifler. Grochard s'interpose entre l'ombre et la lumière, entre moi et la vitre, et il hurle : « Tes parents sont là ! Si tu veux les voir, c'est maintenant ! » Je me lève, un peu étourdi, le policier me passe les menottes et Grochard m'emmène dans le couloir. À l'autre bout, je vois mes parents, je les reconnais à peine, ils semblent avoir tant vieilli, je n'ose pas imaginer ce qu'ils voient de moi, dans mes vêtements souillés, et cette odeur qui me suit comme un mensonge qui s'accroche. Trois policiers les encadrent, mon père et ma mère semblent aussi coupables que moi. Grochard me serre le bras, tellement fort qu'il veut sûrement me montrer qu'il me tient et qu'il ne me lâchera pas. Je ne le regarde pas mais je l'imagine, le sourire sur la figure, arrogant et sûr de lui. J'ai les deux mains derrière le dos, menottées. Deux autres policiers sont venus se placer près de Grochard. Il y a entre mes parents et moi une dizaine de mètres. Grochard hurle : « Allez ! Répète à ton père, et à ta mère, ce que tu nous as avoué ! Répète que c'est toi qui as tué le petit Romain ! » Je n'étais pas seul avec mes parents, dans une pièce normale, sans Grochard à mes côtés, et sans tous ces policiers. Je n'étais pas en tête à tête avec ceux de ma famille, et le regard de ma mère posé sur moi, son regard qui disait : « Je te comprends. » Je les connais mes parents, ils ne m'auraient pas laissé parler, ou si peu, ils m'auraient tout de suite rassuré, ils m'auraient dit : « On a tout arrangé, tu vas rentrer à la maison, et on ira demain tout raconter au juge, tout révéler de ce que l'on te fait subir depuis deux jours, tu n'as plus rien à craindre, tu es maintenant sorti de l'enfer, ce soir tu dormiras dans ton lit… » Mais mes parents ne parlaient pas. Je n'avais pas envisagé de telles retrouvailles. Ce couloir avait été construit dans la nuit, ce n'était pas le couloir que je connaissais, il était plus long que l'autre, plus étroit, plus inquiétant que celui que je traversais depuis deux jours pour aller du bureau de Grochard aux cellules du sous-sol, et des cellules du sous-sol au bureau de Grochard. Ce n'était pas le couloir que je connaissais, que je fréquentais depuis deux jours, et donc depuis une éternité. Je ne m'étais pas conditionné à contredire ce que j'avais dit à Grochard, avec Grochard à mes côtés. Je ne m'étais pas préparé à dire le contraire de ce que j'avais dit aux policiers, avec des policiers à mes côtés. Je n'avais pas pensé que cette mise en scène contribuerait autant à me complaire dans une attitude d'humiliation et de misère. En disant à mes parents : « Oui, c'est moi qui ai tué ce garçon », c'est comme si je leur avais dit : « Plaignez-moi, rendez-vous compte dans quelle solitude je vis depuis toujours. Ça vous fait quoi d'avoir un fils autant victime de ce qu'il est ? » C'est après avoir admis que c'était moi qui avais tué Romain Barral que j'ai pleuré, comme un gosse. J'ai pleuré, je me suis effondré, c'est Grochard qui me soutenait avec ses gros bras, et ses grosses mains ; je ne pleurais pas sur la mort du garçon, ni parce que mes parents étaient malheureux, je pleurais pour moi, parce que la vraie victime, c'était Yvan Gourlet ; le martyr, c'était Yvan Gourlet ; l'enfant que l'on abandonnait, c'était Yvan Gourlet.

Quand je me suis rendu compte que mes parents étaient partis, qu'ils n'avaient rien pu me dire, et qu'ils n'avaient entendu de moi que cet aveu, quand j'ai compris qu'ils rentreraient à Montespieux en pensant que leur fils était un meurtrier, j'étais dans la cellule. Seul. Je n'avais gardé aucun souvenir de l'issue de nos retrouvailles. Je ne me souvenais que d'une phrase, dite à voix basse à des parents qui étaient si loin de moi : « Oui, c'est moi qui ai tué ce garçon. »

L'inspecteur Morlat est venu me voir dans la cellule. Il m'a apporté un repas presque normal, c'est-à-dire un bol de soupe, un morceau de fromage et une tranche de pain. Il n'est pas entré dans la cellule, il m'a dit qu'il n'en avait pas le droit, pourquoi je ne l'aurais pas cru ? Il m'a souhaité bonne chance pour la suite, et m'a précisé que le rendez-vous avec le juge d'instruction aurait lieu le lendemain matin. Il m'a fait passer, à travers les barreaux, deux grands morceaux de carton : « Pour que tu puisses dormir à plat, sur le dos, comme tu me l'as dit. C'est des chutes qui servent quand on fait des planques, pour se cacher, pour se fondre dans le décor de la ville. Le carton, c'est un excellent isolant, tu dormiras bien. » Et il est parti.

J'ai tout mangé, j'aurais voulu saucer le reste de soupe dans le bol mais le pain était trop dur. J'ai étalé les planches de carton sur le sol, je me suis allongé dessus, et je me suis endormi.

Le lendemain matin, on vient me réveiller pour m'emmener chez le juge d'instruction. Un policier me donne un pantalon de velours marron et un pull violet en me disant : « Change-toi, car si tu te présentes avec tes habits qui puent devant le juge, tu feras pas bonne impression, et on va encore passer pour des tortionnaires… » En passant devant l'horloge de l'accueil je lis 11 heures. J'ai réussi à dormir presque douze heures d'affilée. Aucune courbature ne m'a empêché de me reposer, aucun rêve n'est venu perturber mon sommeil. J'ai pris ça comme un signe, celui d'avoir fait le bon choix. J'ai pensé à cette nuit, qui s'était si bien passée, et cela m'a donné le courage de continuer de ne pas flancher devant le juge.

C'est Grochard qui va m'accompagner, avec un autre policier, dans une voiture banalisée. On me fait signer un document avant de quitter le poste de police, et on m'installe à l'arrière d'une fourgonnette Citroën en attachant l'une des menottes à la poignée de la porte. Je n'ose pas demander si je verrai mes parents chez le juge, je me raccroche à cet espoir. Je me sens mieux, ces heures de sommeil m'ont fait du bien, je me sens prêt à leur dire tout ce que je sais, à mes parents, au juge, à tous ceux qui voudront bien m'écouter.

Je ne verrai pas mes parents. Grochard et le policier sont assis avec moi sur un banc. On attend. Ce ne sera pas long. Un homme assez jeune et vêtu d'un costume sombre vient nous chercher en disant : « Monsieur le juge va vous recevoir. » Le policier est resté assis, on rentre avec Grochard dans le bureau. Je me dis que l'inspecteur va m'enlever les menottes, et qu'il va me laisser avec le juge, que je serai seul avec lui, que je pourrai enfin parler librement et sans contrainte, sans cette peur physique que je ressens quand je suis en sa compagnie. C'est comme cela que je me suis imaginé dans le bureau du juge et pas autrement. La présence de Grochard à mes côtés, la présence de mon bourreau, me ramène au poste de police. Je ne pourrai jamais parler sereinement au juge si cet homme reste à côté de moi. Je me connais assez bien, et rien ne me donnera le courage de résister à la crainte de devoir affronter Grochard. Je regarde le juge, je guette un indice, celui qui va obliger Grochard à quitter la pièce assourdie par les tentures rouges. Je suis prêt à l'entendre cette phrase : « Laissez-nous, inspecteur. Veuillez patienter dans le couloir. » Mais le juge ne me regarde pas, et ne dit rien, il lit le rapport que lui a remis Grochard, et Grochard reste à côté de moi. Soudain, le juge d'instruction lève le regard vers l'inspecteur et lui dit : « C'est du bon boulot, cela me semble très bien, non ? » Grochard lui répond : « Vous me connaissez, Monsieur le juge, vous connaissez ma théorie, un aveu vaudra toujours mieux qu'une preuve… Et cet aveu, on l'a, signé et bien signé… » Le soutien que j'espérais, ce juge à qui j'aurais pu parler comme à un ami, à un ami que je n'ai jamais eu ; celui que l'inspecteur Morlat m'avait présenté comme l'ultime étape avant ma sortie, et mon retour à une vie normale, n'existe pas. Grochard et le juge sont une seule et même personne, un monstre à deux têtes. Je me dis que toute ma vie est là, exposée devant mes juges, qui vont me reprocher d'avoir gâché ma jeunesse et mon adolescence en vivant pour rien, inutilement, seulement accaparé par un besoin de protection, assouvi auprès de mes parents. Je m'attends à tant de reproches, je me prépare à tant de haine, que c'est peut-être ce qui me fait transpirer, dans ce bureau surchauffé où, un par un, les mots vont résonner comme des jugements, renvoyés comme des gifles par les épaisses moquettes rouges qui tapissent les murs. Le juge me parle enfin : « Vous en vouliez à cet enfant, n'est-ce pas ? Vous ne supportiez plus d'être ainsi moqué, non ? » Je ne peux que l'admettre, évidemment que je leur en voulais, à lui et à son frère. Mais son frère était fort et me faisait peur. Tandis que lui était petit et faible. « L'arme du crime est en fait un outil de menuisier, n'est-ce pas ? » Pourquoi le nier ? C'est bien le cas. J'ai reconnu sans hésiter l'arme du crime que m'a présentée Grochard, c'est un outil que l'on utilise parfois dans mon lycée, puisque je travaille dans un lycée professionnel, option filière bois. « Inspecteur, on n'a pas retrouvé les vêtements portés par Yvan Gourlet, le jour du crime, des vêtements qui seraient, en toute logique, tachés par le sang de la victime… » Et ce que je prends comme un argument en ma faveur, Grochard réussit à le présenter favorablement pour lui : « Évidemment, sa mère les aura jetés… » Le juge me dit : « On va quand même demander à votre mère de retrouver votre pantalon, c'est une pièce à conviction. Je ne peux pas croire qu'elle soit complice d'un tel crime, elle est une mère, ce serait odieux… » Je souhaite préciser au juge que ce pantalon a été jeté parce qu'il était trop petit pour moi ; les deux hommes sourient. « Quand même, fouiller dans les poubelles pour collectionner des boîtes de fromages… C'est un peu bizarre, non ? » C'est pour cela que ma mère n'a pas osé l'avouer tout de suite. C'est vrai que ce n'est pas très valorisant d'occuper ses loisirs à fouiller les poubelles, je le reconnais, le juge a raison, c'est pour cela que j'aime fouiller celles de l'usine Boulonex, parce qu'elles sont cachées derrière un grand mur de briques. « Ce mensonge, concernant des courses effectuées dans le supermarché a été déterminant, il me semble. » Je veux lui répondre, pour lui expliquer, lui dire que ce n'était pas un mensonge comme on peut l'entendre, mais le juge me coupe la parole : « Ce n'est pas à vous que je parle. » Et Grochard explique au juge qu'il a compris très vite que j'étais un menteur, un affabulateur, et que, bien caché derrière cette dégaine de brave type immature un peu gauche, se cache en fait un manipulateur-né. « Et franchement frustré, si vous voulez mon avis », ajoute le juge. « Si j'ai inventé cette histoire de faux témoins, Monsieur le juge, c'était pour me conforter dans mon raisonnement. J'avais en face de moi le meurtrier qui pensait qu'en se protégeant derrière un alibi fabriqué par sa maman, il échapperait à la justice. » Grochard parle au juge comme je ne l'ai jamais entendu parler, avec calme. « Eh oui, inspecteur, si les meurtriers n'étaient que tordus, ou malades, on irait plus vite en besogne, mais ils sont toujours menteurs… »

Le juge m'a expliqué qu'on allait m'enfermer à la prison de Loos, à quelques kilomètres de Lille, dans l'attente de finaliser l'enquête. « Je vais contacter vos parents pour qu'ils me disent comment ils comptent organiser votre défense. Voilà, je vous dis à bientôt, vraisemblablement dans la semaine, pour organiser la reconstitution des faits. » Le juge venait de parler de mes parents, et cela m'avait réconforté et m'avait donné le courage d'attendre de pouvoir leur parler, et leur dire dans quoi je m'étais fourré, simplement parce que je n'avais pas eu le courage de ne pas m'accuser d'être la victime d'un meurtre.

L'inspecteur Grochard a ramené le policier au poste et lui a dit : « Je vais amener Gourlet à Loos, seul. C'est idiot d'y aller à deux, on n'a pas besoin d'être plusieurs pour surveiller ce gamin. Et comme je ne veux pas le lâcher, c'est moi qui vais m'occuper de lui. À demain. » On a mis trente minutes pour rejoindre la prison de Loos. Grochard ne m'a pas adressé la parole, il écoutait une radio sans musique qui proposait à des gens d'appeler le standard au 3624 pour exposer leurs problèmes sexuels. Je n'écoutais pas, je ne comprenais rien à ce que racontaient ces hommes, et ces femmes, qui avaient le courage de raconter à des inconnus ce que je n'aurais jamais raconté à mes propres parents. Et puis, j'avais d'autres problèmes, notamment celui de savoir si j'allais dormir seul ce soir, ou dans un dortoir.

C'est en arrivant devant la prison que l'inspecteur Grochard me parle : « Le 1er septembre 1944, 48 heures avant la libération de Lille, 871 détenus, regroupés à la prison de Loos, sont déportés en Allemagne. Ils ne reviendront pas. Je te raconte ça, parce que mon grand-oncle, qui était un résistant, faisait partie du convoi. Il avait été enfermé dans cette prison par les "Boches", ils étaient plus de quinze par cellule, des pièces de neuf mètres carrés. Si je te dis tout ça, c'est que maintenant, il y a trois ou quatre types par cellule, alors tu viendras pas te plaindre. J'espère, en tous les cas, que tu es fier d'être incarcéré dans une prison qui a abrité des martyrs morts pour la France. Des héros… »

L'inspecteur Grochard me pousse devant un homme en uniforme qui me demande chaleureusement : « Je vais vous poser quelques questions. Merci donc de décliner vos nom et prénom, votre âge et votre adresse. » Je réponds sans crainte, le regard bienveillant de ce fonctionnaire me fait oublier l'objet de ma venue dans cette prison. Je pose les doigts sur une éponge noire, et ensuite sur un carton qui porte mon nom. C'est la première fois que je vois mes empreintes, cela ne me fait aucun effet, j'ai l'impression que ce ne sont pas les miennes. L'homme me demande de vider mes poches, de lui donner ma gourmette et ma montre. Il me dit que l'on me rendra tout ça à ma sortie, et cela me semble logique qu'il me dise cela, puisque je vais bientôt sortir, puisque mes parents vont s'occuper de moi. Ensuite, l'inspecteur Grochard signe un document et, sans me saluer, quitte la prison. Le départ de cet homme, méchant comme jamais avant un homme n'avait été méchant avec moi, ne me soulage pas. Je m'étais habitué à sa présence, sa haine me faisait comme une preuve de mon existence. J'avais attendri l'inspecteur Morlat, grâce à Grochard. Sans Grochard, je n'existais pas. Sans Grochard à mes côtés, allait-on avoir pour moi de la peine, celle qui donne envie de protéger ? Sans Grochard, j'étais plus seul qu'avant. Et cela n'allait pas s'arranger quand on allait m'emmener dans un vestiaire et que l'on allait me demander de me déshabiller.

Je me retrouve, encore une fois, nu devant des inconnus. On me palpe, pour voir si je ne cache rien sur moi, on me donne une espèce de survêtement de couleur bleue, une paire de vieilles chaussures en toile jaune et un paquetage composé d'une couverture, d'une assiette, d'une cuillère et d'un verre en plastique. « Cette année, plus de fourchette, le directeur en a marre d'envoyer des détenus à l'infirmerie. » Quand j'ai fini de m'habiller, on me tend une carte sur laquelle est écrit : « Matricule 031116 », et on me conduit vers une salle qui ne ressemble pas à une cellule. Ça ressemble à une buanderie, avec des armoires fermées à clé et une forte odeur d'humidité. Des machines, que j'imagine être des chaudières, font un bruit infernal derrière la cloison. Un lit de camp a été posé contre le mur du fond, sous une fenêtre qui est située à plus de deux mètres du sol. « Tu dormiras là, jusqu'à nouvel ordre. Le directeur ne veut pas prendre de risque. Tu as tué un gosse de huit ans, et il vaut mieux pas te mélanger aux autres détenus, pour l'instant. Ils respectent les truands, les braqueurs de banques, les tueurs de flics, mais les violeurs d'enfants, c'est pas leur tasse de thé, si je peux m'exprimer ainsi… » Je réponds au surveillant que je n'ai violé personne, que je ne suis pas ici pour ça. Alors l'homme me répond : « Violer un gosse ou le tuer, c'est pareil… » Je pose mon paquetage sur le lit de camp, j'ai envie de dormir ; après tous ces jours vécus si loin de ma famille, le sommeil est mon seul refuge. Les naufragés ont tous un radeau pour se rassurer, une épave qui continue de flotter ; les voyageurs égarés ont droit à une grotte ou à n'importe quoi d'autre qui peut les abriter ; moi, j'ai le sommeil. L'ambiance dans la pièce me convient, on ne se croirait pas en prison, l'odeur me rappelle celle de chez moi, quand ma mère fait sécher le linge. Je dis à l'homme en uniforme que ça va aller, que je vais bien dormir. Il me regarde dubitativement, peut-être parce qu'il ne m'a rien demandé, et me conseille de frapper fort, sur la porte, si je veux aller pisser, parce que le « maton » de service est à l'autre bout du couloir. Il me dit aussi de ne surtout pas perdre le carton que l'on m'a donné, avec mon numéro matricule inscrit dessus, parce qu'« en prison, sans un matricule, on n'existe plus. Sur ce, bonne nuit ». Je m'endors rapidement comme si ce que j'avais vécu avant ne m'avait pas traumatisé. Comme si les brimades n'avaient servi qu'à ça. Comme si j'allais mieux, comme si j'acceptais que l'on m'impose cet endroit, et ce lit de camp, pour enfin me reposer. Comme si fatalement j'admettais qu'ils avaient raison, Grochard et tous les autres, et que je méritais cette punition. Parce que tout ce qui m'arrivait devait m'arriver un jour ; parce que la faiblesse poussée à ce paroxysme, c'était bien la preuve que j'étais coupable… Coupable de trop de faiblesses, coupable de me laisser faire.

Le lendemain matin, la porte s'ouvre et un surveillant dépose sur le sol un bol de café et un morceau de pain. Il me dit de me dépêcher de manger, que l'on va venir me chercher pour m'emmener chez le surveillant en chef afin de m'expliquer deux ou trois trucs et que si je veux utiliser les toilettes, c'est le moment ou jamais, parce qu'il n'a pas que ça à faire. L'homme m'accompagne dans un endroit composé d'une dizaine de pissotières et de douches puisque j'entends des hommes siffler sous des bruits d'eau. Deux gaillards arrivent, en slip, avec une serviette et un morceau de savon dans chaque main. Le surveillant leur demande de me laisser tranquille, ils veulent savoir qui je suis, si c'est moi le salopard qui aurait violé et ensuite tué un gamin. Le surveillant ne dit rien, et je regarde s'éloigner les deux hommes, qui me regardent aussi, mais comme on estime la profondeur d'un trou.

Pour rejoindre le bureau du surveillant en chef, on me fait traverser les longs couloirs de la prison et c'est à ce moment que je comprends vraiment où je suis. Des types me hurlent que je ne vais pas m'en tirer comme ça, d'autres me crachent dessus, personne ne leur dit rien, alors qu'au lycée c'était le genre d'attitude que je pouvais dénoncer et qui était réprimandée.

Le surveillant en chef m'explique le fonctionnement de la prison, les heures de promenade, les activités sportives proposées et les besognes qui permettent de gagner un peu d'argent pour améliorer son ordinaire. Il me dit que le juge a refusé, pour l'instant, que je puisse recevoir des visites, parce qu'il pense que je n'ai pas tué ce gamin sans complicité, et il pense à ma mère. L'homme me demande de ne pas faire de problèmes, de ne pas me rebeller, car cela ne ferait qu'aggraver mon cas. Il ne sait pas à qui il s'adresse, ses conseils me feraient presque sourire. Le surveillant en chef me dit que je vais occuper, dans les prochains jours, une cellule avec deux autres détenus. Deux types qu'il a choisis parce qu'il sait qu'ils ne me feront pas de mal. Il ne veut pas me mettre avec les mineurs, qui sont souvent plus violents, surtout quand ils savent que le type qu'ils côtoient a tué un gosse, c'est-à-dire un des leurs. Le surveillant en chef me dit aussi : « Je sais que si je te laisse me répondre, tu vas me dire que tu n'as tué personne, que tu es là par erreur, et qu'il faut que je te croie. Alors ne me dis rien, et écoute-moi. Je te comprends. Et tu sais pourquoi je te comprends ? Parce que ça fait trente ans que je fais ce boulot, et que je connais mon métier. Il y a dans cette prison, sur les 800 détenus, 800 victimes de la vie et autant d'innocents. »

Un surveillant est venu me chercher, je vais faire connaissance avec mon avocat, c'est mon frère qui l'a conseillé à mes parents, c'est un ami de son patron. L'homme a une cinquantaine d'années, il me serre la main et commence directement, sans me demander si je vais bien : « Bon, alors voilà. Ça ne s'annonce pas très bien. Vous avez fait des aveux, et le juge considère que votre mère sait ce que vous avez fait. D'abord parce qu'elle a menti concernant votre premier alibi, et ensuite parce que, lors de la perquisition effectuée chez vos parents, aucun vêtement suspect n'a été trouvé. Le juge pense que votre mère a jeté vos affaires, celles que vous portiez le jour du meurtre, non pas seulement parce qu'elles étaient déchirées à cause des ronces, mais également parce qu'elles étaient tachées du sang de la victime. » J'exprime le souhait de pouvoir parler à mes parents. L'avocat me dit que, pour l'instant, cela ne sera pas possible ; et même si cette mesure n'est pas légale, compte tenu de mon âge, il est préférable de ne pas « braquer » le juge et de l'accepter. L'avocat me demande de lui raconter ma version des faits. Je lui dis que je ne me rappelle pas tout en détail, que tout ce que j'ai dit à la police, je l'ai dit sans réfléchir, l'estomac vide, la peur au ventre et sans la possibilité de dormir normalement dans un lit, comme chez moi : « Si vous voulez tout savoir, Maître, ce que j'ai dit n'est pas ce que je voulais dire. Ce que j'ai dit, on m'a obligé à le dire. Si on ne m'avait pas fait peur, je n'aurais jamais dit ce que j'ai dit. » Il me répond que j'ai fait des aveux aux inspecteurs Grochard et Morlat et ensuite devant le juge Rimbert. Je lui répète que c'était la seule condition pour arrêter mon calvaire, pour que l'on cesse de m'humilier.

– De quel calvaire parlez-vous ? me demande l'avocat.

– De celui que j'ai vécu pendant deux jours, à cause de l'inspecteur Grochard.

Je complète ma réponse en lui disant qu'il faut que ce soit ma mère qui parle au juge, parce que ma mère m'a toujours protégé et qu'avec elle tout rentrerait dans l'ordre, que je pourrais reprendre ma vie d'avant, qui me convenait, qui était bien tranquille, malgré les garçons de mon lycée qui m'embêtaient souvent, qui étaient méchants. « Comme l'inspecteur Grochard ? » me demande l'avocat, mais je ne réponds pas. « Ou comme le petit Romain Barral ? »

L'avocat m'a demandé de répéter ce que j'avais dit aux policiers et au juge. Je lui ai répondu que j'étais incapable de lui répéter mot pour mot ce que j'avais dit, puisque les mots qui étaient sur le procès-verbal étaient ceux de la police et pas les miens.

– Si je vous comprends bien, vous souhaitez revenir sur vos aveux ? m'a demandé l'avocat.

– C'est possible ?

– Tout est possible, mais ce n'est pas aussi simple que cela de contredire ce que l'on a dit, et donc de remettre en question sa signature sur un procès-verbal. Je vous conseille de bien réfléchir, profitez de cet enfermement pour faire le point sur la situation. Demain, il y aura une reconstitution des faits. Je serai là. Ce sera pour vous, pour nous, l'occasion de savoir ce qui s'est réellement passé ce lundi 19 mars, derrière ce monticule de terre. On en saura plus demain. D'ici là, soyez rassuré, vos parents sont confiants, ils ont confiance en moi, et moi je m'occupe de vous.

Je suis retourné dans la cellule, un peu plus rassuré. L'avocat conseillé par le patron de mon frère semblait savoir ce qu'il faisait. J'attendais demain avec impatience, en pensant que, peut-être, mes parents seraient là lors de la reconstitution, et qu'ils me verraient venir de loin en compagnie de l'avocat qui les rassurerait.

Le juge a demandé que l'on me mette un gilet pare-balles dès la sortie de la prison. Je ne veux pas lire la presse, mais il paraît que les articles qui parlent de l'événement sont peu conciliants avec le meurtrier, c'est-à-dire avec moi. C'est l'inspecteur Grochard qui est venu me chercher, il semble tenir à ne laisser personne d'autre s'occuper de moi. Dans le fourgon, encadré par deux policiers, j'éprouve la même peur que lors de ma garde à vue. Ma peur est revenue en même temps que Grochard. Je devrais être content, d'être moins seul, d'être à nouveau accompagné, mais j'ai peur d'uriner devant tout le monde. Alors je me concentre, je pense à ma mère, à tout ce qu'elle fait sans moi, et peut-être à tout ce qu'elle ne fait plus. Mais penser à ma mère me donne envie de pleurer, je me lamente sur moi, je me plains, je me vautre dans ma condition de victime, et les premières larmes apparaissent, je ne sais pas si c'est mieux que de pisser dans son pantalon quand on est en compagnie d'individus qui vous font peur, alors je baisse la tête pour que mes larmes ne soient pas vues, pour qu'elles ne viennent pas s'écraser sur le tissu du gilet pare-balles, et qu'elles disparaissent sous mes paupières.

L'inspecteur Grochard me dit : « Je te conseille pas de regarder la télévision. On parle que de ton affaire, et tu serais pas fier du portrait qu'on fait de toi. Un frustré, un immature, un trouillard, un lâche. La seule chose qui étonne les journalistes, c'est que t'aies pas violé le gamin, avant de le tuer. Mais moi ça m'étonne pas, je sais que t'as une petite bite… »

Quand on arrive au palais de justice, je retrouve mon avocat dans l'un des couloirs de l'imposante bâtisse. Il me dit que j'ai encore le droit de renoncer à cette reconstitution mais qu'il ne me le conseille pas, qu'il ne faut pas énerver le juge, qu'il faut le ménager. Mon avocat me dit même : « Si vous participez à cette reconstitution, je suis prêt à aller voir le juge, immédiatement, afin de lui dire ce que vous m'avez dit, hier, à la prison. »

– Vous n'avez encore rien dit au juge ? Vous ne lui avez pas encore révélé ce que l'inspecteur Grochard m'a fait, et toutes ces menaces, et toutes ces humiliations ?

– Je vais surtout annoncer au juge que vous souhaitez revenir sur vos aveux.

– Il faut lui parler de Grochard. C'est à cause de lui si je suis là.

– Je vous comprends, Yvan, mais maintenant, je compte sur vous. On va tous partir en direction de Montespieux, et vous allez jouer le jeu, on est d'accord ?

– Jouer le jeu ?

– Oui. Vous allez participer à cette reconstitution, et ensuite on fera le point.

– C'est vous qui décidez. Si vous pensez que c'est bien que je refasse en vrai ce que j'ai dit aux policiers, alors c'est vous qui décidez.

Je profite de ce moment pour prendre des nouvelles de mes parents. Je lui dis que je suis déçu, et triste, parce que je pensais les voir aujourd'hui. L'avocat me rassure, me dit que mes parents vont bien, et qu'ils sont confiants, et fiers de moi, de mon courage. Ensuite, il me dit qu'il n'a pas trop le temps de m'en dire plus parce qu'il va se dépêcher d'aller parler au juge. L'attente est de courte durée. Le juge sort du bureau, accompagné de l'avocat, et sans un regard dans ma direction ils quittent le palais de justice en compagnie de deux gendarmes. Grochard me fait lever et moi aussi je quitte le palais de justice, mais les mains derrière le dos et équipé du gilet pare-balles, qui est bien trop petit pour moi, malgré le manque d'appétit qui ne m'a pas fait maigrir. Nous arrivons à proximité du monticule bien après les gendarmes, la police scientifique, le juge d'instruction et mon avocat. Les journalistes sont tenus à distance par un cordon de sécurité. Plusieurs gendarmes, armés de fusils-mitrailleurs, surveillent les alentours. Mon avocat me dit que tout est normal, que c'est ainsi à chaque reconstitution, personne n'a envie que le principal suspect se fasse tirer dessus, il faut comprendre le juge, je n'ai pas beaucoup de soutiens dans le village, la condamnation d'un cadavre n'ayant jamais servi la justice. Le juge me demande de refaire le même parcours, celui que j'ai effectué le lundi 19 mars entre 18 h 30 et 19 h 15. Je regarde mon avocat qui me fait un signe d'encouragement de la main. Grochard n'est pas loin, sa présence me rassure, c'est presque étonnant, cela me rappelle un séjour que j'avais fait, en Angleterre, pour perfectionner mon anglais. J'étais parti avec des gars d'un autre village, ma mère avait pensé que ce serait mieux pour moi. Et quand, dans une rue de Londres, j'avais croisé le fils d'un voisin de Montespieux, un sale type qui m'emmerdait comme les autres, bizarrement, loin de chez moi, ça m'avait rassuré. Et j'avais eu l'impression que lui aussi était content de me voir. Il m'avait souri, il m'avait proposé qu'on se balade ensemble, et on s'était beaucoup parlé, comme jamais plus on ne s'est parlé, parce que dès le retour en France, il est redevenu aussi méchant qu'avant, il est redevenu le fils des voisins.

Engoncé dans ce gilet rigide, et surtout trop petit pour moi, qui ne me protège pas intégralement, je me déplace avec autant de naturel qu'un figurant dans un mauvais téléfilm. C'est peut-être cette impression, de ne pas vivre en vrai ce que je suis en train de vivre, qui me fait avancer, qui me fait obéir sans trembler aux ordres du juge, et à ceux de Grochard, qui m'encouragent, qui me poussent à être naturel, à me concentrer sur ce que je fais, pour que tout le monde comprenne bien comment je m'y suis pris pour tuer Romain Barral. Je grimpe donc sur le monticule de terre, comme je l'ai fait tant de fois, je marche dans les ronces, je suis retenu par les amas de branches piquantes, je réussis malgré tout à franchir l'obstacle, je descends jusqu'aux poubelles de la société Boulonex, et je reste caché derrière le mur. Loin des regards, je me revois fouiller dans ces poubelles, je pense à ma mère, je pense à mon père qui doit continuer de travailler à l'usine, je pense à ma vie d'avant, que je ne trouve pas moins triste que celle que je vis actuellement. De loin, j'entends le juge d'instruction dire : « Effectivement, de là, on ne le voit pas. Bien ! Monsieur Gourlet, vous pouvez maintenant revenir vers nous. »

Quand j'arrive au sommet du monticule, le juge me demande : « Et l'arme du crime, l'herminette comme on l'appelle, vous l'avez sortie d'où ? » Désemparé, je regarde l'avocat, je ne sais pas quoi dire. C'est Grochard qui intervient : « Il revenait de l'école, il avait donc son sac à dos. L'herminette a été volée au lycée, il devait l'avoir dans le sac… » Le juge me demande de confirmer. Je baisse simplement la tête. Ensuite, un policier vient près de moi, et le juge dit : « Ce policier va jouer le rôle du petit Romain Barral, pouvez-vous nous dire où vous l'avez rencontré, et comment vous l'avez frappé ? »

Ne sachant pas quoi répondre, et ne me rappelant pas exactement où le corps du garçon a été retrouvé, je regarde autour de moi afin d'imaginer ce que j'aurais pu faire. Le juge me demande : « À moins que vous ne l'ayez tué ailleurs avant de le traîner dans le ruisseau… » Et c'est alors que je dis cette phrase incroyable : « Il me faudrait une herminette dans la main, ça m'aiderait… »

Je suis à genoux, devant le corps du petit Romain Barral, huit ans, que je viens de tuer à l'aide de trois coups d'herminette. C'est Grochard qui a dit, alors que j'allais frapper une quatrième fois : « C'est bon, ça suffit, on a compris. » Et le médecin légiste a confirmé :

« C'est bien de trois coups portés du haut vers le bas, sur la face et le sommet du crâne, à l'aide d'un objet tranchant à lame recourbée, dont le plan du tranchant était perpendiculaire au manche, que le petit Romain Barral a été assassiné. »

On me demande ensuite de rester sans bouger pendant qu'un photographe immortalise la scène qui est censée reconstituer le moment du meurtre. Je suis fatigué, comme absent, l'avocat semble vouloir me persuader que ce que je fais est bien, que cela servira pour ma défense, quand il s'attachera à démontrer que tout ce qui a été reconstitué ce jour-là est faux et sans logique. Je pense qu'il a raison, mes hésitations, mes réponses peu précises ont dû étonner le juge. Je pense que j'ai eu raison de m'exécuter, de participer à cette reconstitution. Je pense comprendre la stratégie de mon avocat, et je pense à mes parents qui lui ont confié ma défense et leur confiance.

On m'a assis dans le fourgon, je vois le juge, les policiers et mon avocat discuter, et moi je n'attends qu'une chose, que l'on me ramène à la prison, car tous les jours que je passe là-bas sont autant de jours qui me rapprochent de ma mère.

Dans le fourgon qui me ramène à la prison, Grochard est à mes côtés. Il parle sans cesse, il est excité, cette reconstitution le conforte dans sa conviction : « T'as de la chance que la peine de mort ait été abolie par les gauchistes, parce que t'y allais tout droit, si tu veux mon avis. Comment peut-on être innocent, et participer à la reconstitution d'un meurtre ? Faudra m'expliquer ! » En écoutant Grochard énoncer cette évidence, je me dis que je suis peut-être fou. Et je ne vais pas tarder à être fixé. Le juge a décidé de me faire examiner par un psychologue. C'est la première fois que je parlerai à ce genre de personne, et mon avocat me dira que c'est une chance, dans une vie, de pouvoir parler à des gens qui ont la compétence de savoir qui on est vraiment. Quand je demanderai à mon avocat si lui s'est déjà confié à des psychologues, il me fera cette réponse : « Surtout pas ! J'aurais bien trop peur de leur verdict… » Eh bien moi pas, je suis impatient que l'on me dise « qui » est celui qui accepte que sa vie soit un calvaire permanent, à cause des autres.

Quand les deux hommes qui occupaient la même cellule que moi partaient en promenade, moi je restais enfermé. Je pouvais lire, dormir et écouter la radio librement. On me faisait prendre ma douche sous surveillance. Cela me gênait toujours de devoir me mettre nu devant les gardiens, mais cela me permettait de ne pas subir plus que des menaces de la part des autres détenus. Je n'avais toujours pas revu mes parents, mais mon avocat me disait qu'ils allaient bien.

Un matin, après la douche, le surveillant en chef m'a convoqué dans son bureau pour me dire qu'il allait y avoir une inspection de la prison et que c'était l'occasion pour que je leur prouve que je savais utiliser des outils de menuisier autrement que pour tuer des gosses. J'ai donc été affecté à la menuiserie de la maison d'arrêt, qui est un endroit très surveillé, car de nombreux outils sont susceptibles d'être utilisés agressivement. Une vingtaine de détenus y sont regroupés, on reçoit un peu d'argent de la part de l'administration, et cela fait passer les journées plus rapidement. On a beaucoup de travail. On doit entretenir le matériel de la prison et, plus souvent, concevoir et fabriquer des meubles pour nos surveillants ou la direction. Je ne sais pas si c'est très légal, mais cela arrange tout le monde et l'administration doit cautionner ce genre d'économie parallèle. C'est grâce à cette affectation que tout allait changer. Pour la première fois de ma vie, j'allais me faire de vrais copains, c'est-à-dire des gens qui vous apprécient souvent pour ce que vous n'êtes pas ; qui ne vous reprochent jamais de ne pas être plus décevant qu'eux ; qui préfèrent ne pas chercher à mieux vous connaître, parce qu'ils savent que leurs propres mystères ne cachent rien de passionnant ; qui partagent avec vous leur temps libre parce qu'il est moins déprimant de perdre son temps en groupe que tout seul ; qui vous oublieront pour les mêmes raisons qu'ils vous ont choisi ; qui ne se moquent jamais vraiment de vous, pour ne pas prendre le risque que vous vous moquiez d'eux ; qui ne sont pas méchants, qui n'ont pas le courage de l'être ; qui sont heureux en groupe, et qui se méfient des solitaires, des types qui se fichent des bandes de types, qui assument leur vie, qui ne cherchent pas à la rendre plus supportable dans le vacarme des discussions entre copains. Avant la prison, je n'avais jamais eu de vrais copains, mais je savais comment identifier l'instant qui vous fait devenir moins seul. Cet instant a eu lieu quelques jours après mon affectation à la menuiserie de la prison.

Un jour, au moment de la pause-déjeuner, deux types sont venus vers moi, avec leur plateau-repas à bout de bras, et ils m'ont proposé que l'on mange ensemble. Quand on s'est retrouvés, tous les trois, à la même table, celui qui avait une petite moustache m'a dit : « On est contents que tu aies accepté, on n'était pas sûrs que tu veuilles, les types dans ton genre, ils aiment parfois pas la compagnie. » En temps normal, je n'aurais rien osé répliquer. Mais je me sentais en confiance, j'avais commencé à changer de tête, j'avais remarqué que la barbe que je me laissais pousser autour de la bouche me donnait un air moins niais, alors j'étais en confiance, je voulais savoir : « Un type dans mon genre ? C'est-à-dire ? » C'est le plus jeune qui a répondu : « Ben... Un type comme toi, qui a un don... Un talent... Qui est pas comme les autres, quoi... »

Mes deux nouveaux copains sont fascinés par mon agilité et ma compétence en matière de menuiserie. Cette aisance, ce n'est pas au lycée que je l'ai acquise, c'est grâce à mon père. Cette reconnaissance me fait du bien, c'est la première fois que l'on me déclare aussi naturellement de l'admiration. C'est étrange de représenter quelque chose pour des inconnus, quand pour soi on n'est rien. Je ne leur ai pas dit, à mes nouveaux copains, que mon père est beaucoup plus doué que moi, qu'il aurait pu, lui, être un véritable artiste. Je ne veux pas prendre le risque de perdre une aura qui me valorise enfin. Il aura fallu que je sois enfermé, pour être reconnu, c'est ce qui me fait moins regretter mon sort. Sylvain et Toussaint – c'est les noms de mes deux nouveaux copains – me disent qu'avec ce que je sais faire, et la rapidité avec laquelle je conçois et j'exécute mes travaux, je ne devrais pas me faire trop de souci, car en prison, « quand tu sais faire ce que les autres désirent, le temps passe plus vite ».

Un matin, Toussaint, le plus jeune de mes collègues de la menuiserie, vient me parler. Il veut me prévenir, il me dit qu'il faut que je fasse attention. Plusieurs caïds de la prison veulent me faire payer mon meurtre. « Ils supportent pas de te voir aussi heureux et détendu après ce que tu as fait. Ils ont l'impression que la prison te gêne pas, et ça ils aiment pas. » Je lui réponds que c'est depuis que je travaille à la menuiserie que tout se passe bien pour moi. Il l'a compris, mais depuis que tout le monde sait que c'est moi qui travaille sur une bibliothèque destinée au salon de la maison du directeur, beaucoup de détenus ont décidé qu'il était temps de me rappeler que la prison, c'est aussi le bagne. « Si tu n'avais pas tué un gamin, ils te laisseraient tranquille, mais tout le monde pense que tu l'as violé, ce gamin. Tu t'es attaqué à une personne vulnérable, et ils te considèrent comme un sous-homme. Je préfère donc te prévenir, ça risque d'être violent, et il faut que tu saches que, parfois, quand tu subis ce que d'autres détenus désirent, le temps passe moins vite… » Je n'ai pas eu le temps de demander à mon copain de me préciser sa pensée, le surveillant nous regardait discuter depuis un peu trop longtemps, et nous nous sommes séparés. C'est quelques jours après cette discussion que, dans les douches, deux types m'ont poussé au sol. L'un d'eux a commencé par me fouetter avec sa serviette mouillée, pendant que l'autre, après avoir glissé un savon dans ma chaussette, m'a cogné sur tout le corps. Je suis nu, recroquevillé comme un enfant dans un ventre, sans volonté de réagir, acceptant l'humiliation. Moi qui pensais que j'allais passer du bon temps entre la menuiserie et les parties de cartes avec mes nouveaux collègues, loin des brimades quotidiennes du lycée, je comprends vite que mon nouveau monde c'est la prison, et que la prison c'est comme avant mais en pire. Je le comprendrai durant trois ans. Le temps de ma détention provisoire, le temps que mon dossier avance, que le juge complète son intime conviction et que mon avocat prépare ses arguments. Trois ans pendant lesquels je ne verrai ma mère qu'une fois, accompagnée de mon avocat, et pendant quelques minutes.

Heureusement que je suis habile de mes doigts et que je peux, profitant du bois de la menuiserie, confectionner du petit mobilier pour les surveillants, car c'est eux qui me protègent, quand ils le peuvent et comme ils le peuvent. Les menaces se font toujours plus pressantes, on n'aime pas le tueur d'enfant, et on lui fait comprendre qu'il n'est pas le bienvenu en prison, qui doit rester, comme disent les caïds, un lieu de fierté et non de honte. Et quand les coups sur mon corps se remarquent trop, je reste à l'isolement, puni de promenade pour mon bien. C'est dans ce contexte que j'ai reçu la visite d'un psychologue, à la prison. Le directeur nous a isolés dans un bureau, près du sien. À cette époque, je n'ai pas encore parlé à ma mère, je n'ai donc pas pu lui demander ce qu'il fallait que je réponde. Mon avocat passe une fois tous les deux mois, pour me rassurer, pour me dire que tout va bien, que le dossier avance, que mes parents sont confiants et qu'il est un avocat compréhensif parce qu'avec ce qu'il doit supporter comme injures, de la part des journalistes, « pour défendre un tueur d'enfant », il a bien du mérite de ne pas me laisser me débrouiller seul. « Et je ne vous parle pas des lettres anonymes... »

Le psychologue a à peine posé sa sacoche en cuir sur le bureau que je lui demande : « On vous a dit que l'inspecteur Grochard m'a maltraité, lors de ma garde à vue ? » Il me regarde longuement sans me répondre. Alors je lui précise : « Au sujet des aveux... On vous a dit que c'est à cause de Grochard que je suis là ? On vous a dit qu'il me fait peur, et qu'il m'a menacé ? C'est un homme dangereux, il a profité de ma faiblesse, et de ma fatigue, voilà la vérité. » Le psychologue me répond : « Bien sûr, bien sûr... »

– Le juge vous l'a dit ?

– Qu'est-ce que le juge aurait dû me dire, monsieur Gourlet ?

– Que je suis une victime de Grochard.

– Je ne viens pas aujourd'hui pour parler de ça.

– Ah bon ? Et pourquoi vous venez me voir ?

– Je suis là pour dresser votre portrait psychologique qui sera présenté au président et aux six jurés de la cour d'assises.

– Et dans ce portrait, vous allez dire que j'ai été victime de menaces policières ?

– Je vais vous écouter, vous allez répondre à mes questions, et tout ira bien.

– Très bien.

– Cet entretien sera rapide.

– Je vous écoute.

– Je n'aurai en fait qu'une question à vous poser.

– Bon. Finalement je préfère ça.

– Puisque j'ai lu votre dossier, évidemment.

– Le dossier, quel dossier ?

– Eh bien, le dossier que prépare le juge d'instruction, évidemment.

– Le dossier qui contient mes aveux ?

– Oui, entre autres choses. Et notamment les photos du cadavre de ce brave petit. Vous les avez vues ?

– La police me les a montrées.

– Et alors ? Ça vous a fait quoi ? Vous avez eu des remords ?

– Et les autres, et Grochard ? Ils en ont des remords ?

– Vous pouvez être plus précis ?

– De m'avoir enfermé ici, après m'avoir menacé, battu, mis tout nu devant eux, hein ? Ils en ont des remords ?

– Ils ont fait leur travail.

– Leur travail ? Parce que c'est un travail de maltraiter ainsi les gens ?

– Vous avez un avocat, c'est à lui qu'il faut raconter tout ça.

– Je lui ai déjà dit, mais lui, il pense qu'il ne faut rien dire. Il pense qu'il faut faire plaisir au juge, pour ne pas le vexer. C'est aussi mon avocat qui m'a dit qu'il fallait que je participe à la reconstitution, qu'il fallait que je joue le jeu, sans rechigner.

– Jouer le jeu…

– Oui. Jouer le jeu, c'est comme ça qu'on m'a présenté ce que je devais faire.

– Vous regrettez d'avoir joué le jeu ?

– Non. Puisque mon avocat me l'a demandé, je n'ai fait qu'obéir, je n'ai fait que suivre les instructions que l'on m'a données… Si cela me permet de retrouver mes parents plus vite, ça me va.

– Avant de retrouver vos parents, vous allez devoir passer devant une cour d'assises.

– On me l'a expliqué. D'ailleurs, je compte sur vous.

– Vous comptez sur moi ?

– Il faudra leur dire aux jurés, et au président du

tribunal, lors du procès, que j'ai été victime de Grochard. Vous leur direz ? Je peux compter sur vous ?

– Si on m'en laisse le temps.

– Il faudra leur dire. Plus on sera nombreux à leur dire, et mieux ce sera, non ?

– Je pense, oui.

– Alors ça va, ça me rassure de me sentir moins seul.

– Bon. Maintenant, monsieur Gourlet, je vais vous poser ma question, celle pour laquelle je suis venu.

– Je vous écoute.

– Comment analysez-vous le fait que votre mère vous fasse fouiller les poubelles des cantines, pour assouvir sa passion de collectionneuse, et que, dans le même temps, elle en ait honte ?

– Vous pensez que ma mère aurait honte de quoi, que je fouille dans les poubelles ?

– C'est ce que je pense, c'est ce qu'elle a dit aux policiers. Pour ne pas avouer qu'elle vous avait envoyé fouiller les poubelles, elle a menti à la police.

– Elle n'a pas menti pour ça.

– Très bien. Et pourquoi a-t-elle menti ?

– Pour me protéger.

– Pour vous protéger de quoi ? D'une accusation de meurtre ?

– Non. Pour me protéger de la honte si l'on apprenait que je fouillais dans les poubelles de la cantine de l'usine de mon père. C'est pas d'elle qu'elle a honte.

Elle ne voulait simplement pas que l'on se moque de moi.

– Mais j'ai cru lire, dans le rapport de police, que tout le monde se moque de vous.

– Oui. C'est vrai. Mais c'est parce que je suis différent des autres.

– Vous êtes différent parce que vous fouillez les poubelles ?

– Non. Je suis différent parce que je suis laid.

Le psychologue notait dans son cahier mes réponses. Il a noté ma dernière remarque en accompagnant son point d'exclamation d'un petit sourire que j'avais remarqué caché dans sa barbe. Et puis il s'est levé, il n'a pas voulu serrer la main que je lui tendais, et il a quitté le bureau en disant au surveillant qui allait me ramener à la menuiserie : « Vous allez l'avoir pour un bout de temps, lui… »

Une semaine plus tard, on vient me chercher en me disant : « Gourlet, tu vas pouvoir parler à maman, t'es content ? Tu vas pouvoir faire risette ! » Dans la salle du parloir, l'avocat est à côté de ma mère. Je demande : « Papa n'est pas là ? » Ma mère me dit qu'il a été retenu à l'usine. Elle me dit aussi que la vie est devenue très difficile, et que si mon père a gardé son travail, il n'a pas été épargné par les injures, les remarques mesquines et les lettres anonymes qui lui demandent de quitter le village. « Être le père d'un tueur d'enfant, ce n'est pas facile à vivre. » Je réponds à ma mère que je ne suis pas un tueur d'enfant et l'avocat me dit : « Ce que voulait vous dire votre mère, c'est que ce n'est pas ce que pensent les gens, à Montespieux. Et que ce que pensent les gens est parfois plus difficile à supporter que la réalité. Mais on n'est pas venus pour parler de ça, votre mère voulait vous dire autre chose. »

– Tu dors bien, Yvan ?

– Tu es venue me voir pour me demander ça, maman ?

– Non, mais tu me sembles en pleine forme, mon fils, et je suis rassurée. Si tu voyais la mine de ton père… En comparaison, tu me sembles supporter bien mieux cette épreuve que lui.

– Je dors bien, c'est vrai.

– Je suis très contente pour toi. Si tu peux dormir paisiblement, malgré ce que les gens pensent, puisqu'ils me le disent tous, que tu es coupable, je suis contente.

– Et toi, maman ? Tu dors bien ?

– Non. Je dors très mal. Être considérée comme la mère d'un tueur d'enfant est difficile à vivre. Heureusement j'ai mes sculptures, ça m'évite de penser à autre chose. J'aurais voulu t'en apporter une, mais notre avocat me l'a déconseillé.

– Je mange moins de beurre depuis que je suis en prison.

– C'est ton père qui sera content, quand je lui dirai…

– Et puis je me suis fait des copains, des vrais.

– Des copains, toi ?

– Oui, oui.

– C'est pas ton père qui peut en dire autant, lui qui a perdu tous les siens.

– Ils sont morts ?

– Mais non. Mais être le père d'un meurtrier, ça fait peur aux gens. On ne voit plus personne, si tu veux savoir. On voit peut-être moins de monde que toi. On est seuls… Tout seuls… Je n'ai pas osé dire à ta grand-mère ce qui nous arrive.

– Tu as bien fait, elle est si vieille.

– Oui. Elle en mourrait… de honte.

C'est alors que l'avocat dit à ma mère : « Madame Gourlet, il nous reste deux minutes. Je vous conseille de parler maintenant. » Ma mère regarde sa montre et je lui demande :

– Tu voulais me dire quoi ?

– En fait…

– Je t'écoute, maman.

– Il faudrait peut-être que tu ne parles pas trop de nous, pendant le procès.

– C'est-à-dire ?

– Ce serait une manière de nous épargner, de ne pas raconter nos histoires de famille.

– Mais… De quelles histoires tu veux parler ? Je ne comprends pas… Et puis, je n'avais pas l'intention de parler…

– Alors c'est très bien. Si tu n'avais pas l'intention de raconter nos histoires, c'est très bien.

« En fait, Yvan, ce que cherche à vous dire votre maman, c'est que pendant le procès, si on vous questionne sur vos parents, ne dites rien. Vous avez le droit de ne rien dire, alors ne dites rien. Je suis votre avocat, et je parlerai à votre place. »

Puis l'avocat me dit enfin : « Parce que j'ai une bonne nouvelle. Votre procès s'ouvrira le 20 février 2004. Je vous remets donc ce costume, j'espère qu'il sera à votre taille, car j'ai été incapable de dire à votre mère si vous aviez maigri ou grossi en prison. N'est-ce pas, madame Gourlet ? Il était gros lors du meurtre, mais après quelques mois de prison, allez savoir, moi qui ne le connaissais pas avant, la prise ou la perte de poids c'est tellement psychologique. » Je demande à l'avocat : « Et mes parents, au tribunal, ils parleront ? Et ma mère, elle pourra dire ce qu'elle sait ? Hein maman, tu diras ce que tu sais, lors du procès ? Qui va leur dire, aux juges, que je suis une victime ? Parce que, pour que les gens me comprennent, pour qu'ils sachent qui je suis vraiment, il faudra leur expliquer un peu ce que Grochard m'a fait subir pour que j'en arrive à faire ces aveux. » Mon avocat me regarde sévèrement et me dit :

– Yvan, je pense que vous n'avez pas bien compris votre mère. Vous allez surtout vous taire, parce que si vous commencez à vous présenter comme une victime devant les parents du petit Romain, je ne suis pas sûr que les jurés aient envie de vous faire sortir de prison…

– Et si je me tais, si je laisse parler les autres, je vais sortir quand ? À la fin des quinze jours ?

– Ce n'est pas aussi simple que ça, me répond mon avocat.

– Ça fait trois ans que je suis enfermé, je peux encore attendre quinze jours.

– C'est très bien de parler comme ça, c'est très courageux.

– Et au juge, vous lui avez parlé de Grochard ?

– Bien sûr, d'ailleurs il sera convoqué à la barre, pendant le procès, et je le questionnerai, pour bien savoir comment s'est déroulée votre garde à vue.

– Il faut qu'il raconte tout, il faut qu'il dise tout.

– Comptez sur moi, Yvan. Si vous faites ce que je vous demande, tout se passera bien. Lors du procès, il faudra être honnête devant les jurés, et reconnaître les premiers mensonges, les vôtres et ceux de votre mère. Ensuite, il faudra bien expliquer qui vous étiez, à l'époque des faits, un garçon fragile, un peu immature et sous l'emprise d'une mère au caractère affirmé. Car votre passion des boîtes de fromages, je vous l'avoue, fait de vous un personnage un peu étrange.

– Et quand on aura dit tout ça ?

– Eh bien, on expliquera que, même si vous étiez sur les lieux du crime, ce lundi 19 mars 2001, vous n'auriez pas eu le courage de tuer ce garçon, car si vous êtes lâche, vous n'êtes pas bête, et vous n'auriez pas utilisé un outil de travail pour commettre ce meurtre. Il faudra parier sur l'absence d'empreintes sur l'herminette et sur l'absence de mobile réel.

– Et le psychologue que j'ai rencontré, il va parler lui aussi ?

– Oui. Bien sûr.

– On devrait peut-être lui demander d'aller voir Grochard, pour qu'il dise au tribunal l'homme méchant que c'est, non ?

– Ce n'est pas son rôle. Lui, il va tenter de brosser votre portrait psychologique. Je sais qu'il n'a pas décelé chez vous de pathologies proches de la folie, ce qui me permettra de poser la question du mobile du crime, qui est fondamentale. La police dit que vous avez tué un gamin sous l'emprise d'une folie soudaine, parce que vous ne supportiez plus que l'on se moque de vous. Voilà bien le genre d'argument qui ne tient pas, sauf si vous tuiez tous les enfants qui se moquent de vous, ce qui ne manque pas, mais là vous seriez vraiment fou ; on ne plaiderait pas l'immaturité mais la démence et vous finiriez vos jours dans un asile.

– Dans un asile, comme les fous ?

– Oui... Comme les fous. Mais comme vous n'êtes pas fou, et simplement un peu original, on ne plaidera pas la folie. Et sinon, vous lui avez dit quoi d'autre, au psychologue ?

– Rien d'important. On a parlé de ma mère.

– Ah bon ? Et il voulait savoir quoi ?

– Il voulait savoir si je savais que ma mère avait honte que je sois laid.

Ma mère s'est accrochée au bras de l'avocat et elle a commencé à parler, comme elle ne parlait jamais, en répétant les mots : « Mais, mais... Tu... Tu... Te... Te... Rends compte... De... De... Ce... Ce... Que... Que... Tu... Tu... Crois... Que... Que... Je... Pense ? » Et parce que je m'en voulais tant de l'avoir blessée, et que je m'en voulais tant de lui avoir révélé que je savais qu'elle me trouvait laid, j'ai pleuré. Ma mère a continué de faire de drôles de sons avec des morceaux de mots, et moi j'ai pleuré. Après quelques minutes, l'avocat s'est levé et il m'a donné une tape amicale sur l'épaule. Il m'a salué en me souhaitant bonne chance, et ma mère l'a suivi sans parler. En les voyant partir, ma mère et l'avocat, je me suis dit que c'était peut-être une bonne chose qu'il n'y ait plus, entre ma mère et moi, ce secret. Je me suis dit que c'était peut-être la preuve que j'avais vraiment changé, que j'étais un peu plus courageux qu'avant, parce que j'avais enfin osé dire ce que je n'osais même pas penser. Je me suis dit que ma mère allait se sentir libérée, elle aussi, et qu'elle pourrait dire à mon père : « Maintenant tu peux aller voir ton fils, il m'a dit la vérité, tout va bien, quand on le retrouvera, ce sera mieux qu'avant. »

Le soir de cette visite, avec mes deux copains de la menuiserie, on a parlé de cette rencontre, entre mon avocat, ma mère et moi. Sylvain s'est étonné que mon père ne soit pas venu, mais je l'ai rassuré, je lui ai dit que c'était peut-être mieux, parce qu'en sa présence, je n'aurais peut-être pas osé dire à ma mère que je savais ce qu'elle pensait de moi, et que ce qu'elle pensait de moi ne me gênait plus depuis que, grâce à la prison, j'avais appris à me connaître, et donc à m'accepter. Toussaint a dit : « Alors si t'es content, on boit un coup ! C'est comme ça qu'on fait quand on est heureux, on boit pour oublier quand on ne l'est pas. » Je les ai regardés boire de l'alcool, moi je n'aime pas boire de l'alcool, ça me donne envie de vomir, comme lorsque je me forçais à manger, et que je mettais trop de beurre sur mes tartines pour faire plaisir à ma mère.

Ce matin, j'ai enfilé le costume que m'a donné l'avocat. C'est le matin d'un grand jour, j'ai pris un petit calendrier sur lequel j'entourerai chaque jour qui passera, comme je faisais quand je voulais visualiser le temps qu'il me fallait pour assembler une maquette. Je suis content, le directeur m'a chaleureusement félicité, la bibliothèque que j'ai fabriquée est à son goût, cet homme va me manquer, et avec lui les compliments qu'il m'adresse à la fin de chacune de mes réalisations. C'est l'inspecteur Grochard et quatre policiers qui vont m'accompagner jusqu'à la cour d'assises de Lille. Grochard me demande de retirer ma veste, afin que je puisse enfiler le gilet pare-balles. « Encore ? je lui dis. Comme la dernière fois ? » Grochard se marre : « C'est pire que la dernière fois, mon gars, tu es majeur, maintenant, et tout le monde a oublié que tu étais mineur quand tu as tué le gamin. Mets-toi bien ça dans le crâne, on pardonne toujours moins à un adulte… »

La salle d'audience est pleine, certaines personnes

vont même assister au procès debout. Immédiatement, je cherche mes parents, que je ne vois pas. Je reconnais la mère Barral, et son mari, qui me regardent méchamment. Je reconnais certaines têtes, c'est des gens du village, des voisins, des commerçants, des employés de la mairie. Je suis étonné que tout Montespieux tienne dans une salle, et presque fier que tous ces gens soient venus de si loin. Tant que la foule est muette, je peux la considérer comme solidaire de ma cause, en phase avec ma souffrance, compréhensive à mon égard ; mais soudain c'est un hurlement qui me fait revenir quelques années en arrière, à une époque où le moindre cri me faisait paniquer. Je ne confonds pas ce cri avec le brouhaha de la prison, c'est plus intense, plus inquiétant, peut-être parce que juste avant ce cri, c'était le calme. C'est Bruno, le frère de Romain Barral, qui veut que sa haine soit entendue par la foule, par ces gens de Montespieux qui n'ont pas besoin de hurler pour se faire entendre : « Tu finiras pas ta vie tranquille, Gourlet ! Je te ferai la peau ! Tu mérites même pas ce procès, tout le village est avec moi, et toi tu nous fais honte ! » Des policiers font asseoir les gens et maîtrisent le frère de celui que l'on m'accuse d'avoir tué. Le calme revient, mais pas dans mon crâne. Je remarque enfin mes parents, ils ont la tête baissée, ils ne regardent pas dans ma direction. Mon frère n'est pas assis à côté d'eux, je me demande où il est. Mon avocat me demande de cesser de chercher du regard des gens dans la foule, il me demande de m'asseoir et de baisser les yeux : « Soyez humble, Yvan, pensez à la famille du petit Romain qui lui ne peut plus chercher personne du regard... » Le président de la cour d'assises s'est installé, le silence est revenu, la foule a été calmée, il n'y a plus le son de la haine, et pour m'en convaincre je ne regarde plus personne, je fixe mon attention sur l'un des montants métalliques qui soutiennent la vitre qui me sépare du reste du monde, une vitre équipée d'un verre dont la fonction est de me protéger des autres, à la condition que ces autres cherchent à me tirer dessus, mais comme personne ne me tire dessus, je ne suis protégé de rien du tout.

Je ne vais pas trop écouter ce qui va se dire durant ces quinze jours de procès, je ne vais penser qu'à une chose, me raccrocher à ce rituel : entourer chaque soir une date de mon calendrier. On m'a demandé de ne rien dire, et c'est tant mieux, car je n'aurais pas eu le courage de parler. Je me rassure en regardant mon avocat, c'est un homme imposant dans sa robe noire, qui doit être courageux, et dont c'est le métier, de dire à la place de l'accusé que l'accusé n'est pas coupable, que l'accusé est une victime. J'entends parfois quelques bribes de phrases qui parlent d'un tueur, d'un monstre, connu dans tout le village pour être étrange. « Inquiétant et bizarre. Immature, vivant sous la coupe de ses parents, trop peureux pour se risquer à vivre en dehors d'eux », a dit le psychologue, celui qui était venu m'interroger à la prison, et qui est maintenant à la barre. On affiche les photos du lieu du crime, je reconnais, comme tous ceux de Montespieux, le monticule de terre, les toits des usines, la route qui mène au village, et le lotissement de maisons neuves. Le lotissement de maisons neuves… celles qui ont des toits qui brillent, qui ne sont pas comme les autres toits, ceux des autres maisons, qui sont faits d'ardoises noires, comme à l'époque des mines. Le lotissement de maisons neuves… que je connais, que j'ai vu se construire, et qui s'est constitué partie civile, pour participer à ma démolition, c'est ce que je vais comprendre, c'est ce que va m'expliquer mon avocat : « Normalement, pour se constituer partie civile, il faut avoir subi un préjudice légitime, être directement touché par le drame. Là, on a une association de riverains qui se targuent d'avoir été traumatisés par le meurtre. Ils seront peut-être décisifs, au moment du verdict, car ils vont ajouter de l'émotion à l'émotion, et donc participer à influencer les membres du jury, qui sont des êtres humains, et qui sont donc émotionnellement atteignables… » Le président de la cour présente donc ce regroupement d'habitants vivant à quelques mètres du lieu du crime, et qui se sont constitués partie civile ; « Vivre ensemble à Montespieux » – c'est le nom de l'association – est présidée par Ralf de Fambrose. C'est peut-être le moment du procès dont je me souviens le mieux, parce que je reconnais le monsieur. C'est lui qui a la plus grosse voiture du lotissement aux villas modernes, et qui a organisé l'isolement des habitations.

C'est lui qui a fait du lotissement un camp retranché, qui se fait approvisionner par des traiteurs, et qui a organisé le convoi des enfants, en direction des écoles, avec une société de transport privé. Il est patron de l'une des trois usines de la zone industrielle, sa famille est installée à Montespieux depuis cinq ans, il ne fréquente personne, à l'exception des autres résidents du lotissement. Personne ne le connaît en dehors de son statut de patron d'usine. Il est grand, il participe à rendre les gens comme mon père encore plus arrogants dans un bar et toujours muets à l'intérieur des usines. Ralf de Fambrose n'a pas choisi de vivre à Montespieux par passion des anciens marécages, des mines abandonnées, des rivières polluées, des champs sans cultures ou des brumes quotidiennes ; il a choisi Montespieux pour prouver qu'il y a deux catégories de gens : celle que je regarde, et celle dont je fais partie ; celle dont je supporte les injures, et celle qui m'a fait. Et il va avoir raison, le patron d'usine, parce que lui est beau, et que je suis laid ; il va avoir raison parce que lui sait parler, et que l'on m'a demandé de me taire ; il va avoir raison, parce qu'il va tous les convaincre, et moi avec, que je suis le coupable.

Ralf de Fambrose s'est avancé vers la barre, il s'est arrêté quelques secondes pour me regarder, pour me faire comprendre qu'il était là pour bien expliquer que j'appartenais à une catégorie de gens à laquelle il n'appartenait pas. Si on m'avait donné la parole, si on m'avait obligé à parler à cet homme, je n'aurais pas osé lui prouver qu'il avait tort. À cause de cet homme, et de ce regard, je n'étais plus très sûr d'être innocent, je me sentais accusé de tous les crimes de l'humanité, parce que j'étais l'archétype, la preuve vivante qu'il ne fallait pas chercher plus loin, qu'il fallait rassurer la foule en lui présentant le coupable idéal. « Nous vivons en totale harmonie avec l'ensemble des habitants du village de Montespieux, mais nous vivons à cinquante mètres du lieu du meurtre. Le préjudice moral subi est important, le préjudice financier l'est tout autant puisque nous avons souhaité mettre en sécurité nos enfants dans l'attente que le meurtrier soit appréhendé. Yvan Gourlet, personnage connu de tous pour son étrangeté, a eu cent fois l'occasion de commettre un tel crime, sur l'un de nos enfants, qui jouaient avec lui, quand il venait se promener près de notre lotissement. J'ai alerté Monsieur le maire à maintes reprises concernant les déambulations étranges de ce garçon, que j'ai surpris plusieurs fois, puisque l'usine dont j'ai la responsabilité est située à proximité de la rivière de la Dourde, en train de jouer dans les eaux sales, près des sorties d'égout. Comment ne pas être inquiet que la mairie n'ait pas encore pris les mesures sécuritaires adéquates pour éviter qu'un autre Gourlet ne fasse subir à l'un de nos enfants sa folie meurtrière ? » Je n'ai pas tout entendu de ce que disait ce monsieur, que je connaissais pour l'avoir déjà vu, au volant de sa grosse voiture, mais aussi dans les bois, qui bordent la Dourde. La première fois, je tenais un cadavre de rat au bout de la lame de mon couteau, et j'avais entendu des respirations saccadées. Je m'étais éloigné de la rivière et je l'avais vu, avec une femme devant lui, la robe un peu relevée, et une jambe plus haute que l'autre. J'avais regardé, et ils étaient partis. La seconde fois, c'est lui qui m'avait vu le premier. La femme était dans la voiture, et lui m'avait dit : « Tu cherches quoi ici ? C'est un terrain qui appartient à l'usine, tu n'as rien à faire là ! Va-t'en ou j'appelle la police. » Évidemment, j'étais parti en courant, sans rien répondre, sans oser dire que cela faisait des années que je venais dans ce coin du bois où personne ne venait, à cause de la rivière qui puait, et des conduites d'égout qui fuyaient.

Avant que ce monsieur ne laisse parler l'avocat de la famille Barral, il a voulu parler de la mienne, de famille, et plus précisément de mes parents. Je n'ai plus les mots exacts en tête, mais il semblait vouloir dire que mes parents étaient à plaindre parce qu'ils allaient être condamnés ; une phrase dans ce genre a conclu son exposé : « Si je suis triste pour les parents de Romain Barral, je suis triste, aussi, pour les parents d'Yvan Gourlet, qui vont devoir accepter l'évidence, et seront condamnés. Condamnés à la honte, à perpétuité. » Mon avocat s'est tourné vers moi en me demandant : « Vous voulez répondre ? Le président vous demande si vous voulez répondre, moi je vous conseille de ne rien répondre, mais je vous le demande quand même, vous voulez répondre ? » Je n'ai rien répondu et j'ai remarqué mon père assis à sa place, à côté de ma mère. Il me regardait avec un drôle d'air, le même air qu'avait Ralf de Fambrose, quand on s'était croisés dans les bois. Mon père n'avait jamais eu ce regard. Un regard qui me reprochait d'être là, un regard qui me reprochait peut-être d'exister.

L'un des avocats des parents de Romain Barral me montre du doigt, mais j'ai l'impression qu'il montre un autre homme, un homme que je haïrais et dont j'aurais peur si je devais le rencontrer. Lui et son collègue font de mon parcours l'itinéraire d'un jeune homme qui ne vivait pas comme moi, sans penser à ses actes, mais qui était manipulateur, diabolique et menteur, et dont « le passage à l'acte, à savoir le meurtre du petit Romain Barral, huit ans, était potentiellement prévisible si ceux qui avaient témoigné, comme son professeur de dessin au lycée Albert-Camus, ou le responsable de l'institut qu'Yvan Gourlet avait fréquenté quelques mois avant d'en être écarté, avaient été écoutés et entendus avant le meurtre ». Mon avocat intervient, très souvent, il conteste certains propos, il confirme certaines suppositions, mais jamais il ne dit cette phrase : « Yvan Gourlet est innocent, ses aveux sont bidon, il a dit n'importe quoi, et il s'excuse de vous avoir, tous, dérangés pour rien. » Il est même obligé de se défendre, lui : « Si je n'avais pas un doute sur sa culpabilité, je ne pourrais pas assurer la défense de mon client. Je suis père de famille, vous pensez que je pourrais défendre un meurtrier d'enfant si j'avais la conviction de sa culpabilité ? »

Grochard vient témoigner, lui aussi. Il est fier d'être celui qui m'a fait avouer. Il dit au président de la cour d'assises : « Contrairement à ce que cherche à dire son avocat, Yvan Gourlet n'a pas avoué par peur des policiers, mais par peur des conséquences de son acte. C'est pas moi qui le dis, c'est le psychologue. Moi, on me paye pour obtenir des aveux, pas pour inventer des preuves. Parce que les preuves, ça se fabrique, ça se manipule, ça s'efface, ça s'interprète, bref, c'est vite le bordel, sauf votre respect, alors qu'un aveu, c'est plus dur à obtenir, mais une fois qu'on l'a, on a tout. »

Mon avocat essaye de faire mon portrait et même ce qu'il dit, lui, ne correspond pas à ce que je connais de moi : « Réservé, digne, intègre. Toujours ponctuel, attentif aux conseils de ses professeurs, toujours disponible pour aider ses camarades, fils aimant et passionné par la vie. » Je l'écoute, sans réaction, parfois il se retourne vers moi : « Il faut m'aider, Yvan, vous n'exprimez rien, vous semblez être absent, ça ne va pas plaire aux jurés. » L'aider… M'exprimer… Mais exprimer quoi ? Je ne veux pas m'exprimer, j'attends mon tour. Je ne veux pas dire que je regrette, je ne souhaite que retrouver mes parents. Car ils semblent oublier, tous, que je suis en prison depuis trois ans ; ce serait plutôt aux autres de s'excuser, d'exprimer des regrets ; ce serait à Grochard, aux policiers, au juge d'instruction, à tous ceux qui ont profité de ma faiblesse pour m'attribuer la responsabilité d'un meurtre, de dire publiquement, devant les parents de Romain Barral, qu'ils m'ont dicté des aveux que je n'aurais jamais exprimés si je n'avais pas été menacé. Parce que la vérité est là, elle est devant moi, elle est comme un miroir. La vérité, c'est que plus le temps passe, et moins je me sens responsable. La vérité, c'est que plus le temps passe, et moins je me hais.

Le psychologue qui m'a entendu à la prison est convoqué à nouveau, on lui demande de préciser un point que les jurés ne semblent pas comprendre : « Comment peut-on considérer Yvan Gourlet psychologiquement apte à commettre un tel meurtre et, dans le même temps, ne pas le considérer irresponsable, c'est-à-dire fou ? » C'est maintenant mes deux parents qui quittent la salle d'audience. Je trouve dommage qu'ils ne veuillent pas entendre que ce n'est pas parce que l'on est triste, malheureux, seul, désespéré et mal dans sa peau que l'on est fou : « Yvan Gourlet n'est pas fou, car son aveu est conscient. Il n'a pas révélé les détails de son acte avec extase, ou morbidité, ou vice. Il a avoué l'inavouable comme on se libère d'un poids, un peu comme s'il avait avoué toutes les peurs et les lâchetés qui constituent sa vie depuis toujours. Il s'est confié, car il ne voulait plus assumer seul. Un maniaque, un déséquilibré, un pervers aurait, au contraire, fait état de sa supériorité, en avouant son crime. Détailler les circonstances, c'est se donner le rôle du démiurge, de celui qui détient le pouvoir. D'ailleurs, les policiers, et les juges, usent de cet artifice de valorisation et de considération pour pousser les tueurs psychopathes à avouer leurs crimes. Dans le cas de Gourlet, c'est en rabaissant le suspect que l'aveu a été formalisé. Un tueur déficient mental, un pervers, jouit de son pouvoir, pas de sa faiblesse, le rabaissement psychologique le rend mutique. Chez un être normal, ce rabaissement renforce au contraire son statut de victime. Les aveux sont obtenus quand le suspect se considère comme vulnérable, et puise dans sa condition de victime les motifs d'être excusé. Ne plus être seul, c'est se sentir écouté et compris. Dans le cas d'Yvan Gourlet, c'est ce qu'ont obtenu brillamment la police et l'inspecteur Grochard, puisqu'une heure après ses aveux, l'accusé les a réitérés devant ses parents, comme s'il voulait les libérer, eux aussi, du poids de la culpabilité. Car c'est le drame des parents Gourlet : en isolant leur fils des rudesses de la confrontation sociale, ils l'ont fragilisé, et donc, l'ont rendu dangereux. Mais ce n'est pas parce que les parents Gourlet ont créé un monstre qu'ils sont complices… Contrairement à ce que j'ai lu dans le rapport du juge, ce n'est pas parce que la mère a fait disparaître certaines pièces à conviction, ou qu'elle a menti lors de la première entrevue avec les policiers concernant l'alibi de son fils, qu'elle savait qu'il était coupable. Tout ce qui pouvait être occulté devait l'être, c'était devenu un réflexe, tout cacher pour que son fils ne se découvre pas, ne sache pas qui il était… Mais le destin s'est imposé, et la justice des hommes fera son travail… »

Je vois les six jurés se lever. « Ils vont délibérer… », me dit mon avocat. Quinze jours ont passé. « Déjà ? » Le procès est terminé et je n'ai pas pu dire que j'étais innocent, je n'ai fait que répondre aux questions, je n'ai même pas pu dire à mes parents que je les aimais et qu'il me tardait de les retrouver. Je n'ai pas pu m'adresser aux parents du petit Romain Barral, je n'aurais pas su quoi leur dire. Leur souhaiter du courage aurait peut-être été perçu comme une provocation, moi qui n'ai jamais eu de courage et aucun goût pour la provocation.

Les deux policiers m'emmènent dans une pièce sombre, il n'y a qu'un vieux néon pour me rappeler que j'existe. Je m'assois sur un banc, j'ai les mains menottées, mon avocat arrive, il me dit que je vais pouvoir saluer mes parents, mais qu'il faudra faire vite. Mon père et ma mère pénètrent dans la pièce, je ne les reconnais pas, ils ont l'air si loin de moi, de ce qui constitue ma vie. Ils ont l'air si différents de ce que je connais d'eux, de ce que je pensais savoir d'eux. Sont-ils tristes ? Ils ne me le disent pas. Ils sont heureux de me voir en pleine forme, pas gros, même un peu mince, ça leur change, moi qui ne cherchais jamais à perdre mes kilos en trop à cause de mon goût pour le camembert et pour le beurre. Ma mère s'inquiète : « Tu manges bien, au moins, à la prison ? Tu veux que je te fasse passer des petits plats ? On a le droit de faire comme les parents qui mettent leurs enfants dans les colonies de vacances ? D'envoyer des petits colis qui agrémentent le séjour ? » Mon avocat dit à ma mère qu'en prison, c'est plus compliqué que ça, alors mon père me dit qu'il aime bien ma nouvelle coupe de cheveux, que ça lui rappelle l'armée, et que ça lui rappelle son père, qui était militaire, qui n'aimait pas les hommes qui avaient les cheveux trop longs. Ma mère me demande pourquoi je porte ces lunettes aux verres gris et cerclés de métal doré, je ne sais pas trop quoi lui répondre, alors elle me dit que ces lunettes ne me vont pas, parce que l'on ne voit plus mes beaux yeux verts. « Et cette barbe, qui te change le visage, qui fait de toi un autre garçon, qui te donne un genre, c'est définitif ? » Mes parents me disent, à leur manière, qu'ils sont confiants. C'est-à-dire qu'ils ne me disent rien, mais qu'ils l'expriment en soupirant. « Et puis tu as un bon avocat, grâce à ton frère. La preuve, c'est qu'il est cher. » Pour le payer, cet avocat qui ne parle plus, qui est assis à l'écart et qui nous regarde, mes parents m'expliquent qu'ils ont dû vendre quelques actions boursières, qui appartenaient à la grand-mère. Évidemment, ils n'ont pas dit au banquier pourquoi ils avaient besoin de cet argent, ils n'ont fait qu'évoquer le mariage d'un de leurs fils, ils n'ont pas eu le courage de parler de moi, et des frais d'avocat qu'il fallait engager pour espérer ma libération, et donc la fin de leur calvaire. Ma mère me dit qu'ils ont partagé la vente des actions entre mon frère et moi. C'est la raison pour laquelle mon frère n'a pas pu venir, parce qu'il est parti en voyage de noces avec l'argent des actions de la grand-mère, il vient de se marier. « La vie continue », me dit ma mère. « La vie continue. »

Mon père a regardé sa montre, comme s'il s'ennuyait, et l'avocat, qui s'était rapproché de nous, a dit : « Eh oui, la vie continue, mais dans quelques minutes, on va savoir si celle de votre fils se passera dans ou hors d'une prison… » Plus personne n'a osé parler, mon père a regardé ma mère, j'ai regardé ma mère, et ma mère a demandé à l'avocat : « Vous pensez qu'Yvan a des chances de rester en prison ? » Mon avocat a répondu : « J'ai bon espoir qu'il en sorte, vous me payez pour ça. Je pense que les jurés devraient retenir l'absence de mobile. L'argument d'un meurtre par réaction ne repose sur aucun témoignage avéré, aucune preuve tangible, comme par exemple des empreintes sur l'arme du crime. Évidemment, il y a ces aveux, mais j'ai bien insisté sur le caractère d'Yvan, qui est un jeune homme très impressionnable, qui a dû subir des interrogatoires, disons, très musclés. La personnalité de l'inspecteur Grochard est sans équivoque, et la manière qu'il a eue de parler d'Yvan n'a pas été bien perçue par les membres du jury. C'est ce que je pense, mais vous savez ce que c'est, l'intime conviction est un concept très fragile… » Mon père a demandé : « L'intime quoi ? » et ma mère lui a dit de se taire, que tout ce qu'il pourrait dire ne servirait à rien, que tout ce qu'il pourrait dire pourrait être retenu contre son fils, et que ce n'était ni le lieu, ni le jour, pour donner son avis. J'aurais voulu dire que mes aveux cachaient peut-être une autre vérité, et que cette vérité n'avait pas été dévoilée devant les jurés, et que c'était dommage, que cela aurait été l'occasion d'enfin tout dire. J'aurais voulu raconter tout cela, mais je n'ai rien dit, peut-être parce que si le président de la cour d'assises m'avait demandé : « Mais de quelle vérité voulez-vous parler, monsieur Gourlet ? », j'aurais été incapable de lui répondre.

Mes réflexions ont cessé dès que les policiers ont demandé à mes parents de quitter la pièce. Je les ai regardés partir sans avoir pu les embrasser, et une sonnerie a retenti. Mon avocat m'a dit que cela indiquait que les jurés avaient fini de délibérer et qu'il était temps de rejoindre la salle d'audience. On m'a ramené devant la cour, et mon avocat m'a fait un signe de la main, avec deux doigts croisés. Après plusieurs minutes au cours desquelles le président a posé des questions et annoncé les réponses, des minutes pendant lesquelles je me suis demandé si cela allait me faire drôle de dormir dans mon lit ce soir, mon avocat m'a demandé d'être attentif à la phrase du président : « La cour et les jurés condamnent Yvan Gourlet à la réclusion criminelle à perpétuité. » Des applaudissements se sont fait entendre, mon avocat ne m'a plus rien dit, il a refermé les dossiers qu'il avait gardés ouverts durant tout ce temps, et moi je lui ai demandé : « Perpétuité, ça veut dire quoi ? »

On m'a raccompagné à la prison. Entre-temps, mon avocat m'aura salué de loin. Je n'aurai pas revu mes parents, et l'inspecteur Grochard m'aura envoyé un sourire qu'il aura dû inventer pour l'occasion. Grochard lèvera les bras au ciel, ce qui me rappellera la fois où les supporters du club de football de Montespieux m'avaient tabassé parce que j'avais mis un survêtement rouge, sans savoir que c'était la couleur de l'équipe adverse.

En arrivant à la prison, j'ai annoncé la nouvelle à Sylvain. Toussaint n'est pas là, il est à l'infirmerie, on n'a pas voulu nous dire pourquoi, un surveillant nous dit qu'il sortira dans quelques jours. Sylvain me demande : « Tu vas faire appel ? » Je ne sais pas quoi lui répondre. Je n'ai toujours pas intégré la portée dramatique du mot « perpétuité », surtout concernant une condamnation à l'emprisonnement. C'est un peu comme le jour où le directeur du lycée Albert-Camus nous avait annoncé que notre professeur d'éducation manuelle et technique ne viendrait plus au lycée en raison d'un mal de dos récurrent et persistant. Si le directeur nous avait annoncé un cancer des os, je pense qu'on n'aurait pas réagi à l'identique. Un peu comme pour moi. « Prison à vie » ou « enfermé pour toujours », ça ne sonne pas pareil que « perpétuité ». Sauf que Sylvain semble s'y connaître, et qu'il me précise qu'on n'est plus enfermé à vie de nos jours, que tout ça c'est bien fini, et que maintenant, après une grosse vingtaine d'années, on est mis dehors, libre mais beaucoup plus abîmé qu'avant l'enfermement. Sylvain, c'est vraiment mon copain. Chaque fois qu'il me voit travailler sur un meuble, il me dit que c'est du gâchis, que je n'ai rien à faire en prison, et que j'ai bien été con d'avouer un crime que j'ai sûrement commis, parce que ce petit salopard méritait une leçon. « Tu peux pas te satisfaire de ce jugement, y a des lois pour protéger les détenus, faut faire appel, dis à ton avocat de faire appel, comme ça tu pourras dire la vérité ! » C'est ce que j'ai essayé de faire, dès le lendemain.

Mon avocat est passé me voir pour m'annoncer deux nouvelles : la première c'est que je pourrai, dorénavant, recevoir des visites régulières de mes parents, une fois par semaine. Et la seconde, c'est que j'aurai besoin de beaucoup de courage pour tenir, mais compte tenu de mes trois années de détention déjà effectuées, je pourrai être libéré pour mes trente-neuf ans. « Vous vous rendez compte ? Vous n'aurez pas quarante ans. Vous aurez la vie devant vous. » Je lui ai parlé de la possibilité de faire appel du jugement. Il m'a répondu que mes parents n'étaient pas favorables à cette idée, l'épreuve de ce premier procès les ayant démoralisés. J'ai répondu que ce serait la seule solution pour que je puisse, ce coup-ci, prendre vraiment la parole, et dire enfin la vérité. « La vérité ? Mais quelle vérité, Yvan ? Je me demande si vous la connaissez vous-même. Et puis, faire appel risque de coûter très cher, et je ne suis pas sûr que vos parents puissent payer les frais d'un nouveau procès. J'ai accepté de vous défendre pour une somme ridicule, en espérant des retombées positives en cas d'acquittement, mais j'ai une famille à nourrir, moi, si vous voyez ce que je veux dire… » Je lui ai parlé de mon travail, à la menuiserie, qui me permettait de faire des meubles que je pouvais revendre à des employés de la prison. Depuis deux ans, j'avais déjà amassé un peu d'argent, j'étais donc prêt à assumer ses honoraires, si mes parents ne le pouvaient plus. Je venais même d'apprendre que la sœur du directeur de la prison avait accouché de triplés, et qu'il allait lui falloir des lits et du mobilier pour la chambre des marmots. Il a eu l'air gêné, et il m'a dit : « En fait, et pour être franc avec vous, je n'ai jamais trop cru à votre innocence. Je ne me sens pas assez motivé pour vous défendre à nouveau. » Je lui ai demandé :

– Et mes parents, ils le savent ça ? Que j'ai été défendu par un avocat qui me croyait coupable ?

– Vos parents ? Ils pensent comme moi, si vous voulez savoir.

Avant de partir, il m'a donné une pile de journaux. On parle de moi dans chacun d'eux. C'est des journaux de Paris, de Lille et de la région de Montespieux. Je suis coupable pour tout le monde, il n'y a rien à dire, sauf à espérer que j'accepte la sentence. Ralf de Fambrose a droit à plusieurs interviews. Il est rassuré, il va pouvoir reprendre une vie normale, et ses enfants aussi, et ceux des autres familles aussi. Il va pouvoir démonter le mirador et les grillages autour du lotissement, la guerre est finie. Cette affaire lui a donné des idées, il pense qu'il va se présenter aux prochaines élections municipales, il a des choses à proposer, il veut que les habitants de Montespieux retrouvent confiance dans leurs élus et vivent, à l'avenir, en sécurité. Il veut installer des caméras à tous les carrefours, il veut des vigiles, il veut de l'ordre, moins de papiers par terre et plus de sans-papiers dans l'église, également plus de clochards les jours de marché, une salle des fêtes qui propose de la musique classique, une façade plus blanche pour l'église et des projets culturels avec une ville en Allemagne, qu'il aimerait jumeler avec Montespieux. Pourquoi l'Allemagne ? « Parce qu'ils sont rigoureux et efficaces. » Et concernant la pollution de la Dourde ? « Chaque chose en son temps. Aujourd'hui, l'emploi est plus important que l'eau de la Dourde. » Vous auriez un mot ou une pensée à destination d'Yvan Gourlet ? « Qu'il reste enfermé le plus longtemps possible, qu'il souffre, qu'il médite son geste, et qu'il remercie Robert Badinter que la peine de mort ait été abolie. » Et pour Romain Barral, vous auriez une pensée à adresser à sa famille ? « Si j'avais été maire de Montespieux, rien de cela n'aurait pu arriver. D'ailleurs, j'espère que le maire va réfléchir, et méditer, lui aussi, et peut-être que cela lui donnera l'idée de démissionner… »

Dans la prison, dès le lendemain, tout le monde est au courant. J'ai été condamné, je suis donc un tueur d'enfant et un menteur, puisque cela fait des mois que je dis que je suis innocent. Un menteur, dans une prison, c'est une balance, il faut s'en méfier, ou ne pas lui donner envie de dénoncer. De 14 à 17 heures les portes des cellules sont ouvertes. Les détenus peuvent se promener où ils veulent, rendre visite aux copains, aller faire du sport, jouer aux cartes. Moi, je me promène rarement, sauf quand mes copains de la menuiserie insistent, alors on va dehors prendre l'air, et ils sont nombreux à nous regarder méchamment. Depuis peu, une rumeur circule, je serais plein aux as, grâce à mon travail à la menuiserie, j'aurais un sacré pactole, caché à la prison. Cette rumeur va me causer une agression plus violente que les autres. Trois types vont me serrer contre un mur, un après-midi, et me couper le lobe d'une oreille. J'ai dû accepter de leur faire passer cinq mille euros, par l'intermédiaire du comptable de la prison. J'ai fait croire que c'était pour régler une ancienne dette et j'ai payé le prix de ma tranquillité. Quelques jours après, un des types vient me demander de lui fabriquer une chaise pour sa cellule, il vient de casser la sienne, en s'énervant. Je lui dis qu'il n'y a aucun problème, mais que je dois finir, avant de me mettre à fabriquer sa chaise, deux meubles pour deux autres détenus. Le type insiste, il veut sa chaise tout de suite, il n'attendra pas. Les cinq mille euros, c'était un avertissement. Je lui répète que je ne peux vraiment pas, et ça ne lui plaît pas. Il m'attrape par le col et me dit que je vais lui payer cette injure. Ensuite il me demande, à voix basse : « Tu te demandes pas pourquoi Toussaint est à l'infirmerie depuis plusieurs jours ? C'est pas à cause des coups qu'il a reçus, non. C'est à cause d'autre chose, de peut-être moins visible mais de beaucoup plus douloureux, pour le corps et la tête. » Sylvain n'est pas loin, mais il connaît le détenu, c'est un dangereux, un caïd comme on dit, alors il reste derrière son établi. Quand nous nous retrouvons à nouveau seuls, Sylvain fait comme si rien ne s'était passé. Pendant les jours suivants, je ne revois pas l'homme qui m'a menacé. Toussaint est sorti de l'infirmerie, mais il ne veut parler à personne. Il ne veut plus venir à la menuiserie, il reste enfermé dans sa cellule, les gardiens sont obligés de l'attraper par le col pour l'emmener en promenade. Il mange seul, il se méfie de tout le monde, il se douche presque habillé, sauf quand les gardiens le voient, alors il se réfugie dans un recoin des sanitaires, comme un chien qui aurait été maltraité. J'ai l'impression de me voir à mon arrivée, je le trouve pathétique, je comprends pourquoi je donnais envie de me faire tabasser, j'aurais presque envie de lui cracher dessus, mais je n'ai pas totalement changé, un reste de lâcheté me retient encore, même si je ne suis plus le même, je reste sur mes gardes, et cracher sur lui serait comme cracher sur moi.

Je suis maintenant disponible pour lui fabriquer sa chaise, à celui qui m'a menacé, mais je ne sais pas si je dois commencer à la faire ou attendre de lui dire que je suis disponible. Un après-midi, fidèle à mes habitudes, je suis resté dans ma cellule, ne voulant pas me mêler aux autres détenus. Je sais que Toussaint est dans la sienne, de cellule, et qu'il doit faire comme moi, redouter le retour de ses collègues. Mes deux voisins de cellule sont allés faire du sport et je suis en train de lire un livre de droit, un livre que m'a prêté Sylvain. C'est finalement mon seul vrai copain, celui qui me pousse à chercher un nouvel avocat, pour faire appel du jugement de mon procès. Sans lui j'aurais continué ma vie. J'aurais admis que mes parents avaient suffisamment dépensé d'argent pour prouver qu'ils m'aimaient. En lisant ce livre de droit, j'apprends deux choses : que la possibilité de faire appel lors d'un procès d'assises existe depuis 2001 (je remarque que c'est le 19 mars 2001 que Romain Barral a été assassiné) et qu'il faut effectuer sa demande dans les dix jours qui suivent la date du prononcé du jugement. Je suis pris de vertige quand je fais le décompte sur mes doigts, quand je constate qu'il me reste trois jours avant la fin de ce délai. Si je ne fais rien, si je ne réagis pas, comme me l'a conseillé Sylvain, je ne sortirai pas de prison avant une vingtaine d'années.

Le lendemain, le directeur de la prison m'a convoqué dans son bureau. Il me demande de m'asseoir, il me dit qu'il est content de moi, qu'il sait ce que j'ai subi, et qu'il le regrette, mais que c'est comme ça, que la prison n'est pas faite pour changer les gens, mais pour accélérer leur chute. Il en est conscient, mais il constate aussi que pour moi, ça n'a pas l'air d'être le cas ; il pense que je vais de mieux en mieux, et que j'irai encore mieux maintenant qu'il a fait transférer certains détenus à la prison centrale de Lille. « Ça, c'était pour la bonne nouvelle. La mauvaise, c'est que ma sœur, quand elle a su que les meubles allaient être fabriqués par toi, un tueur de gosse, elle n'en a plus voulu. Elle m'a dit : "Mais tu te rends compte ? Faire dormir trois enfants dans des lits fabriqués par un tueur d'enfant ! Je ne me le pardonnerais jamais !" » J'ai demandé au directeur de la prison ce que sa sœur ne se pardonnerait pas, et il m'a répondu : « Que cela porte malheur à ses gosses… » Je suis quand même sorti du bureau avec une autre commande. C'est la femme du directeur de la prison qui a besoin d'une table de nuit, parce qu'elle lit beaucoup, et qu'elle a besoin d'une table de nuit avec plein de tiroirs pour ranger ses livres.

J'ai appelé l'avocate de Sylvain, sur ses conseils. C'est une femme d'une quarantaine d'années, qui parle beaucoup, qui ne m'écoute pas, et c'est tant mieux, je ne sais pas comment lui dire que peut-être je regrette de ne pas respecter le choix de mes parents d'admettre ma culpabilité, de respecter le jugement, et de ne pas faire appel : « J'espérais que vous m'appelleriez. Si j'avais su que votre avocat avait abandonné votre défense, c'est moi qui vous aurais appelé. Votre histoire est fascinante. Je suis attirée par les destins qui expliquent l'humanité mieux que la vérité. C'est pour cela que j'ai accepté de défendre Sylvain Montfort. Il vous a dit ce qui l'avait conduit en prison ? Non ? Je vais vous le dire, il ne m'en voudra pas. Alors voilà, Sylvain est accusé d'avoir tué sa femme et son amant, qu'il venait de surprendre dans le lit conjugal. Il les aurait étranglés. C'est les voisins qui ont alerté la police, après trois jours, inquiets de voir la voiture de la femme toujours à la même place et la moto de Sylvain garée devant la maison, lui qui la rangeait dans le garage tous les soirs. Les policiers ont fait ouvrir les portes de la maison par un serrurier et ils ont trouvé

Sylvain, toujours avec ses gants de moto, assis devant les corps allongés sur le lit. Quand je l'ai rencontré, la première fois, il a refusé de me parler, il ne parlait plus depuis le meurtre. Cela a duré jusqu'au procès. Et quand il a croisé le regard de ses parents, des parents qui l'avaient condamné, qui s'en voulaient d'avoir fait un monstre qui avait eu la folie de tuer leur chère belle-fille, il a décidé de se défendre. Il m'a donné la gourmette qu'il avait trouvée au pied du lit conjugal. Une gourmette avec un prénom gravé dessus : Jean-Louis ; en fait le prénom du premier mari de sa femme. C'est lui qui avait étranglé le couple. Sylvain était rentré chez lui, et avait constaté le décès de son épouse et d'un homme qu'il ne connaissait pas, tués par l'ancien mari qui avait pensé l'étrangler lui, par jalousie. Le procès de Sylvain passe en cassation dans quelques mois, grâce à la gourmette retrouvée sur place, j'ai pu obtenir ce pourvoi. Ce sont des histoires comme celle-là qui me fascinent. Quand la vérité ne demande qu'à être différente de ce que les gens pensent être la vérité. Je suis venue à votre procès, j'avais l'impression que vous n'étiez pas là, que vous étiez ailleurs. J'ai aimé votre façon d'accepter la sentence. Si vous souhaitez faire appel aujourd'hui, c'est que vous avez de bonnes raisons, et ces bonnes raisons, c'est moi qui vais les transformer en arguments, pour vous faire libérer. Je vais immédiatement organiser tout ça, on est encore dans les temps, je vais envoyer à la prison mon collaborateur qui vous fera signer tous les papiers nécessaires et je passerai personnellement vous voir, dans quelques jours. »

Maître Soulerse – c'est le nom de mon avocate – m'a prévenu. Elle va venir régulièrement à la prison, et pendant une heure elle m'écoutera. Ensuite, quand elle m'aura bien écouté, elle partira en Bretagne, et pendant une semaine elle restera seule. Elle a une maison de famille qu'elle occupe seulement quand elle a besoin d'être seule : « Pour réfléchir, j'ai besoin d'être seule, et quand je reviendrai de Bretagne, j'aurai réfléchi, et je vous présenterai notre stratégie de défense. Le jour du nouveau procès, on sera prêts. Parce que c'est comme ça, il va y avoir un nouveau procès, et donc un nouveau président, et un jury composé de personnes qui ne seront pas celles qui vous ont condamné. Mais ne croyez pas que tout sera plus facile, parce que les années auront passé, et que ces années-là, quand elles se passent en prison, sont les plus difficiles à faire disparaître aux yeux des gens, car si vous êtes enfermé c'est que vous êtes coupable, et qu'il vaut mieux enfermer un innocent que de laisser un coupable en liberté. » Et puis elle m'a dit, après avoir ouvert un cahier à spirale, le même que les écoliers utilisent pour écrire, quand on veut qu'ils se souviennent : « Et maintenant, cher monsieur Gourlet, si nous commencions ? Parlez-moi de vous, ça m'intéresse, ne me cachez rien, ne me récitez pas une leçon, j'ai besoin de sincérité, la solution à vos problèmes, elle viendra de vous… »

En fin d'après-midi, j'ai la bonne surprise de constater que les deux détenus, qui partagent avec moi la cellule 545, me parlent différemment. Le plus âgé me dit : « Quand on a le pouvoir de faire muter deux types dans une autre prison, et en plus des caïds, c'est qu'on a le bras long. Alors on préfère faire copains avec toi. » L'autre veut me proposer une cigarette, mais je ne fume pas, alors il me dit qu'il est déçu, qu'il ne sait plus quoi faire pour me montrer qu'il m'apprécie mieux qu'avant. Je lui réponds qu'il n'a qu'à me payer le tabouret et le porte-bouteilles en bois que je lui ai fabriqués il y a plus de six mois. Alors l'homme me répond que cette nouvelle amitié va lui coûter plus cher que prévu, mais que c'est normal de payer ses dettes, même celles qu'on pensait ne jamais payer. Sylvain vient me voir, alors les deux autres gars quittent la cellule en disant : « On vous laisse tranquilles, on reviendra à l'heure de la fermeture des portes. » Sylvain me dit qu'il me trouve changé. Je lui dis que je pense que c'est grâce à son avocate, qui me fait confiance, et puis aussi grâce au directeur, qui ne m'en veut pas d'être un tueur d'enfant, et peut-être aussi parce que j'ai changé, tout simplement. Sylvain pense que c'est aussi parce que les types qui m'embêtaient ne sont plus là. Je n'ose pas lui dire que c'est peut-être aussi grâce à ce que ces détenus m'ont infligé que j'ai pris conscience de certaines choses et que j'ai définitivement enterré un enfant qui refusait de grandir. Sylvain me dit : « On ne grandit jamais seul, Yvan, jamais. On peut jouer un rôle, simuler, faire semblant de ne plus avoir peur, mais grandir c'est autre chose. » Je suis sûr qu'à cet instant, on pense tous les deux à nos parents. Sylvain doit penser aux siens, qui auraient préféré ne pas le reconnaître à la naissance ; et je pense aux miens, qui ne me reconnaîtraient pas.

Quand mon avocate vient me rendre visite à la prison, elle est convaincue par ce que je lui raconte, elle me le dit, et surtout, elle me croit. Elle m'informe que nous avons le temps de réfléchir à l'organisation de ma défense, puisque le second procès n'aura pas lieu avant un an, peut-être deux. Je trouve le délai parfait, c'est exactement ce qu'il me faut, ne pas aller trop vite en besogne, et rester loin de Montespieux. Elle me demande si je souhaite qu'elle contacte mes parents, afin de leur annoncer la bonne nouvelle. « Quelle bonne nouvelle ? » je lui demande. J'ai trouvé un nouvel avocat, qui accepte de ne pas demander des honoraires trop importants ; j'ai surtout trouvé un avocat qui croit en mon innocence ; j'ai trouvé un soutien compétent, motivé, impliqué et qui y croit ; je n'ai que des bonnes nouvelles à annoncer à mes parents, mais je dis à mon avocate que ce n'est pas une bonne idée. Elle me demande pourquoi, et je lui réponds ceci : « Parce que la meilleure manière de me faire sortir de prison sera de faire condamner mon père. »

Le soir, avant l'heure à laquelle tous les détenus doivent se retrouver seuls dans leur tête, allongés sur leur matelas qui pue, Sylvain m'a demandé : « Alors, vous avez décidé quoi avec Maître Soulerse ? » Plutôt que de lui répondre, j'ai fermé les yeux et je me suis souvenu. Je me suis souvenu de tout ce que l'on s'était dit :

– C'est une condamnation sans appel, Yvan, celle d'accuser son propre père. C'est un acte désespéré... Accuser son père, pour se sauver, c'est plus freudien que de le tuer, non ?

– Vous croyez ?

– Vous l'accusez parce que vous savez que c'est lui, ou parce que vous l'avez déduit ?

– J'ai un doute, voilà tout.

– Je vous écoute, mais soyez convaincant.

– Le soir du meurtre, mon père est rentré plus tard que d'habitude à la maison.

– Ça peut arriver. Ce n'est pas suffisant pour en faire le meurtrier de Romain Barral.

– Mon père ne rentre tard que le vendredi. Quand il va fêter la fin de sa semaine de travail, avec ses potes, dans le bar de la place de la Mairie.

– Il peut avoir eu envie d'aller fêter, ce soir-là, le début de la semaine.

– Il ne l'avait jamais fait avant. Et je sais ce que je dis, parce que c'était les vendredis que j'étais le mieux, quand je rentrais du lycée, et que je me retrouvais seul avec ma mère, et qu'on pouvait parler tranquillement.

– Bon. Je veux bien vérifier ce que vous dites et questionner ses copains du bar, pour savoir s'ils étaient ensemble ce lundi soir. Il n'y a effectivement rien, dans les rapports de police, concernant l'emploi du temps de vos parents le jour du meurtre.

– Ne dites pas à ses copains que c'est mon idée, ils seraient capables de me faire du mal, s'ils savaient que c'est moi qui vous envoie les questionner.

– Ne vous inquiétez pas, on sait agir discrètement.

– Alors ça va.

– Parlez-moi de la fameuse herminette… Selon votre témoignage, vous l'auriez volée au lycée, pour l'offrir à votre père.

– Ce n'est pas vrai, c'est une invention de Grochard. Il m'a fait dire que je l'avais cachée dans mon sac à dos.

– Vous l'auriez volée dans le stock du lycée pour l'offrir à votre père, pour son anniversaire.

– C'est faux. Je n'ai jamais pris d'herminette au lycée.

– Bon. C'était pourtant facile de le vérifier, il aurait suffi de les compter, de faire un inventaire, qui n'a jamais été fait. Je me demande pourquoi l'inspecteur Grochard ne l'a pas effectué, cet inventaire.

– Parce qu'il ne m'aime pas.

– Il y a beaucoup d'incohérences dans cette enquête, je dois l'admettre, comme si, une fois vos aveux obtenus, la recherche de preuves ne comptait plus.

– C'est ce que disait sans cesse Grochard, pour lui un aveu valait mieux qu'une preuve.

Maître Soulerse avait feuilleté rapidement l'épais dossier qui synthétisait mon calvaire en trois cents pages. J'ai reconnu les procès-verbaux que j'avais signés, j'ai vu défiler des photos, des dessins, des plans, tout ce qui expliquait ce que l'on m'avait obligé à reconstituer. L'avocate avait fixé du regard la photo de l'arme du crime et m'avait demandé :

– Et donc, selon vous, d'où provient l'arme du crime ?

– L'herminette qui a servi à tuer Romain Barral est à mon père.

– Et c'est maintenant que vous dites ça ?

– Je l'ai vue de près, je l'ai reconnue, mais c'est maintenant que je le sais. À l'époque de la reconstitution, je ne pensais pas, j'exécutais.

– Votre père, donc, possédait une herminette ?

– Non, deux. L'une avec un manche court, et l'autre avec un très long manche, chacune ayant un usage spécifique.

– Si ce que vous dites est vrai, il aurait été effectivement ridicule d'offrir ce genre de cadeau à votre père, lui qui a déjà tous les outils dont il a besoin dans son atelier.

– Il les rangeait dans l'abri en bois, celui qui est dans le jardin.

– Les policiers n'ont rien noté concernant ce détail. Une perquisition a bien été effectuée au domicile de vos parents, mais c'était dans le but de retrouver le pantalon déchiré dans les ronces. Les policiers voulaient retrouver des vêtements, en espérant qu'ils porteraient le sang du petit Barral.

– Alors pourquoi madame Barral, qui m'a vu passer devant chez elle, après l'heure du meurtre, n'a pas mentionné que mes vêtements étaient tachés de sang ?

Maître Soulerse s'était arrêtée d'écrire. Elle avait posé son stylo à plume dorée, elle s'était reculée, elle m'avait regardé comme on découvre, surprise, puis elle m'avait dit :

– Vous me surprenez, Yvan. J'avais de l'empathie pour vous, et de la curiosité pour votre affaire, mais votre logique de raisonnement m'étonne, et votre assurance m'impressionne.

– C'est grâce à vous. Vous me posez les bonnes questions, pas comme Grochard.

– Revenons à cette histoire d'herminette. Vous dites que votre père en possédait deux. L'herminette munie d'un manche court aurait donc servi pour le meurtre, puisque c'est celle qui a été retrouvée dans un fossé derrière le monticule.

– Parfaitement.

– Mais cela ne signifie pas que c'est votre père qui l'a utilisée…

– Mon père ne voulait pas que j'utilise ses outils.

– Mais vous auriez pu prendre l'herminette dans l'abri de jardin.

– Je n'aurais jamais osé.

– Imaginons que vous l'ayez prise.

– Si vous voulez, mais je n'aurais pas osé.

– Muni de cette herminette, vous auriez pu tuer Romain Barral.

– Pourquoi j'aurais pris ce risque, de voler un outil à mon père, alors que le même genre d'outils était à ma disposition dans mon lycée ?

– Parce que, justement, vous n'êtes pas celui que les psychologues ont décrit.

– Je ne vous comprends pas.

– Vous êtes peut-être un manipulateur. Un pervers qui aurait tout manigancé, pour faire accuser votre père.

– Et vous le pensez ?

– Non. Sinon je ne m'occuperais pas de votre cas.

– Alors pourquoi vous me dites ce genre de chose ?

– Parce que c'est mon travail, de bien comprendre ce qui s'est passé, et d'explorer toutes les pistes possibles. Je vais d'ailleurs aller voir vos parents, il faut que je discute avec eux.

– Ils ne vont pas apprécier.

– Et pourquoi ? C'est un peu grâce à eux que l'on se connaît, non ? Sans eux, je ne serais pas en face de vous en ce moment.

– Grâce à mes parents ? Je ne vous comprends pas.

– N'oubliez pas que ce sont eux qui ont refusé de faire appel du jugement qui vous condamnait à la prison à vie. Et que depuis cette date, ils ne sont pas venus vous voir.

– Je sais que c'est à cause de mon père, c'est à cause de lui que ma mère ne vient pas me voir.

– Je pense que votre mère est aussi fautive que votre père.

– Ma mère est une victime, comme moi. C'est la seule qui me comprenait.

– Yvan, une mère aimante et attentive n'envoie pas son fils fouiller dans les poubelles.

– Il ne faut pas accuser ma mère. Elle n'y est pour rien dans tout ça. C'est à cause de mon père si je fouillais les poubelles, pour trouver des boîtes de fromages vides, parce qu'il trouvait qu'on mangeait trop de fromage, parce qu'il me reprochait d'être gros, et de trop manger de beurre.

– Soit. Mais ce n'est pas lui qui a menti aux policiers, ce n'est pas lui qui a inventé cette histoire de course, que vous seriez allé effectuer pour votre mère.

– Ma mère ne voulait pas qu'on sache que je fouillais dans les poubelles, à cause de mon père.

– Vous défendez votre mère, mais vos soucis débutent à cause de son mensonge, les policiers ont douté de vous dès cet instant, dès qu'ils ont compris que vous n'étiez pas allé dans ce supermarché. Ils ont été très pointilleux et efficaces pour prouver votre mensonge.

– Le supermarché, c'est mon idée, ma mère n'y est pour rien.

– Écoutez, Yvan, il faut me faire confiance. Ce sont vos parents qui vous ont élevé, ce sont vos parents qui ont refusé de faire appel du jugement, ce sont vos parents qui ne viennent plus vous voir… Ils sont solidaires, ils sont unis, leur couple est fort, vous étiez au centre d'un étau affectif, et puis, n'oubliez pas que, selon le psychologue, votre mère avait honte de vous.

– Le psychologue a voulu me faire dire ce que je ne voulais pas dire, il m'a forcé à parler de honte… Comme Grochard, il m'a forcé à parler.

– Vous pensez, au contraire, que votre mère était fière de vous, de ce que vous faisiez, de ce que vous étiez ?

– Je suis laid, on peut l'excuser.

– Quand on a honte de son gosse, on peut désirer qu'il disparaisse.

– Je ne comprends pas ce que vous dites.

– Elle a peut-être cherché à vous étouffer, c'est une manière de tuer, en douceur, et lentement. C'est pourquoi je compte bien demander une contre-expertise psychiatrique.

– Vous pensez réellement que la solution peut venir d'un autre psychologue ?

– Bien sûr, à la condition que ce ne soit pas vous qui rencontriez cet expert, mais vos parents.

Maître Soulerse ne m'avait pas laissé le temps d'être surpris par cette volonté d'expertise psychiatrique et m'avait dit, en se levant, après avoir refermé la couverture bleue de son cahier sur une dizaine de pages d'écriture penchée :

– Mais cela ne suffira pas, je vais donc également enquêter sur le parcours professionnel de votre père, sur son enfance… Quand on creuse le passé d'une vie, on trouve toujours quelque chose. Mais il faut une condition à cela…

– Et laquelle ?

– Qu'il y ait quelque chose à trouver.

Mon compte bancaire continue de grossir. On me commande toutes sortes de meubles et d'objets en bois. Je n'ai jamais été aussi heureux, et serein. Ma nouvelle assurance est si visible que Sylvain a osé me poser cette question : « Tu veux toujours sortir de prison ? Tu sembles si bien ici... » Alors je lui ai répondu : « Si je veux sortir, c'est à cause de toi. C'est toi qui m'as dit d'appeler ton avocate. Je me laisse faire, c'est maintenant elle qui décide. Et si elle décide que je peux sortir, alors je sortirai. Et si elle me demande de rester ici, je resterai. C'est pas compliqué la liberté, c'est pas une question d'endroit, c'est dans la tête que ça se passe. »

Un matin, j'ai reçu la visite de l'aumônier : « C'est votre mère qui veut que l'on se parle. » Je lui ai répondu que je n'avais rien à lui dire. « On a tous besoin de se confier, c'est humain. Je peux tout entendre, et tout pardonner. Je suis là pour vous aider, mon fils. Écoutez mes paroles, elles sont là pour vous accompagner dans votre rédemption. Ainsi, par exemple, il faut que vous sachiez ceci : avouer un meurtre, parfois, est plus facile que de reconnaître que l'on a menti. » Ce jour-là, j'ai appelé le surveillant et je lui ai dit que je voulais retourner à la menuiserie, que j'avais des meubles à finir, et que plus jamais il ne fallait me déranger dans mon travail pour parler à l'aumônier, que je n'avais aucune sympathie pour Dieu, un père qui avait abandonné son fils sur une croix, un fils qui n'avait pas trouvé mieux que de supplier : « Pourquoi m'as-tu abandonné ? » Moi, j'étais bien décidé à ne pas supplier mon père, je voulais qu'il assume enfin ce qu'il avait fait de moi.

Maître Soulerse est revenue de Bretagne. Elle m'avait prévenu qu'elle disparaîtrait quelque temps, pour préparer ma défense. « Il a fait beau, ce n'est pas courant, mais comme vous pouvez le constater, je n'ai pas bronzé, je suis restée enfermée, à cause de vous… » Elle a ouvert sa mallette, qui était plus épaisse que lors de ses précédentes visites. « Comme vous pouvez le constater, Yvan, la solitude ça donne des idées, ça facilite les intuitions… » Elle a ouvert le dossier, sur la couverture duquel est inscrit au feutre noir « Affaire Gourlet père & fils », et elle m'a dit :

– J'ai de bonnes nouvelles, et une seule très mauvaise.

– Je suis habitué aux mauvaises nouvelles.

– La mauvaise, elle concerne votre père.

– C'est-à-dire ?

– Je préfère vous prévenir. Cela risque d'être un choc pour vous. Je vais vous révéler des choses sur vos parents que vous ne savez pas. Vous êtes prêt à le supporter ?

– À supporter quoi ?

– Je ne sais pas moi… Que vos parents ne sont peut-être pas tels que vous les imaginiez.

– Je ne les imagine pas, mes parents, je les connais.

Si Maître Soulerse veut me faire sortir de prison, c'est pour deux raisons : « D'abord pour me faire un sacré coup de pub. J'ai un cabinet à faire tourner, ne l'oublions pas ; et ensuite parce que c'est la première fois que je tombe sur un homme qui ne désire rien mais qui sait ce qu'il veut. Un homme qui ne domine pas les autres par sa force, mais par sa fragilité… Mais comme la fragilité a parfois besoin qu'on l'aide un peu, je n'ai qu'un conseil à vous donner… »

– Et lequel ?

– Soignez votre apparence. Cessez de vous couper les cheveux aussi court, et puis rasez-vous ce collier de barbe ridicule, et continuez de maigrir, faites du sport, densifiez-moi ce torse, et ces bras, et ces cuisses. Ne marchez plus comme si vous vouliez écraser le monde, reprenez de l'altitude, profitez de votre sérénité pour alléger votre corps, enlevez ces lunettes noires, qui ne cachent rien de vous, mais vous éloignent encore trop des autres, mettez des gants pour travailler à la menuiserie, vos mains sont trop abîmées, elles ne sont pas assez fines et sans blessures pour vous aider à vous faire aimer, parce que l'on aime plus facilement ce qui est fragile, les blessures invisibles font moins peur, parce que c'est ce qu'il faudra faire, le jour du procès, que les gens aient envie de vous aimer, de vous plaindre d'avoir été accusé d'un meurtre que vous n'avez pas commis. Il faut que tout le monde vous plaigne, mais en même temps vous admire, pour votre courage, votre dynamisme et votre dignité. Il faut que les femmes se disent : « Il n'a rien d'un tueur d'enfant, il ne donne pas envie de le haïr, il donne envie d'autre chose… » Il faut que les hommes se disent : « Moi, contrairement à lui, je n'aurais pas résisté à cette injustice, et lui il résiste, et il me donne envie de lui ressembler. » Avec tout ça, comment voulez-vous ne pas sortir libre ?

Sylvain a voulu me parler de lui : « Ça s'annonce bien, je passe en cassation le mois prochain. Le problème, c'est que si tout se déroule parfaitement, on ne pourra plus se voir, sauf si je viens te rendre visite ici, mais en aurai-je l'envie ? » J'ai rassuré Sylvain, je pense que l'on se ressemble. Je sais que, moi aussi, je réagirai comme lui, si je réussis à quitter cette prison. Et comme je n'ai pas envie de lui en dire plus, comme je n'ai pas envie de parler, à personne, je lui ai demandé de me laisser tranquille : « Il faut que je termine un meuble pour le surveillant-chef, et j'ai besoin d'argent pour payer mon avocate. Alors laisse-moi. » Je n'allais pas dire à Sylvain ce que pensait notre avocate de mon père, qu'il était une ordure, et que ma mère était sa complice, et donc sa victime, depuis toutes ces années. Je n'allais pas lui révéler ce que Maître Soulerse m'avait révélé, et qui était la conclusion d'une enquête qu'elle avait fait mener par l'un de ses collaborateurs : « Voilà ce que Jean-Marc a trouvé. Jean-Marc travaille pour le cabinet quand il faut compléter un dossier de défense en allant chercher des preuves et des faits que la police n'a pas jugé utile de porter à la connaissance du juge d'instruction. Donc, votre père a vécu à Béziers de 1948 à 1980. Or, à la même époque, deux meurtres d'enfants ont été commis et n'ont jamais été élucidés. Deux meurtres commis à l'arme blanche, en l'occurrence des haches utilisées par les tonneliers lors de la fabrication des barriques destinées à l'élevage et à la conservation du vin. Votre père, à cette époque, travaillait dans l'entreprise Bru & Fils, en qualité de merrandier. On pourrait parler de coïncidence, je préfère dire qu'il n'y a pas de fumée sans feu. Avant le meurtre du petit Romain Barral, en mars 2001, on a oublié qu'en 1998 il y a eu un meurtre similaire, celui du jeune Johan Servent, qui venait de fêter ses neuf ans, à Roubaix. Votre père est venu s'installer, sans logique et en changeant complètement de travail, à Montespieux-sur-la-Dourde en 1980. On pourrait parler de coïncidence, je préfère dire qu'il n'y a pas de fumée sans feu, c'est plus pratique pour convaincre un juré d'assises... » Maître Soulerse pense que ce qu'elle a trouvé sur mon père, concernant son passé, ne suffira pas à me faire sortir de prison. Elle me dit qu'il faut aller encore plus loin, et que c'est ce qu'elle a fait, ce qui lui a permis de découvrir ceci : « Le soir du meurtre, le lundi 19 mars, vous m'aviez dit que votre père était rentré plus tard que de coutume à la maison, et que cela n'était pas dans ses habitudes, que c'était le vendredi soir qu'il fréquentait le bar du village, et jamais les autres jours de la semaine. Eh bien, ce lundi soir, justement, le bar était fermé à la suite d'un contrôle sanitaire qui s'était mal passé, le matin même. À la suite d'une plainte, le service d'hygiène avait trouvé, dans les poubelles du bar, des rats. Le bar n'a pu réouvrir que le lundi suivant, quand le patron a réussi à prouver que ces rats ne venaient pas de ses cuisines, ni de sa réserve, mais qu'ils avaient été déposés là par un mauvais plaisantin, des rats que l'on trouve flottant dans la Dourde, à cause de la pollution des usines qui la bordent. » Maître Soulerse a deux idées. La première est d'utiliser la presse pour révéler les manquements de l'enquête. Elle me fait lire la lettre anonyme qu'elle va envoyer à différents journaux régionaux, qui seront les plus réactifs pour dénoncer quelques ratés dans l'administration de la justice dans les « grandes villes », des ratés qui font passer les habitants des villages pour des sauvages et des tueurs d'enfants. « Un procès aux assises se gagne aussi avec l'aide de l'opinion publique et aujourd'hui cette opinion est persuadée de votre culpabilité. Il faut faire germer l'idée d'une enquête menée à charge, sans la volonté de trouver des preuves, mais avec l'unique obsession d'obtenir des aveux. » Sa deuxième idée, c'est de me présenter, le jour du procès, en tant que fils aimant, et soumis, qui s'est laissé accuser d'un crime pour protéger son père. Je lui dis que ce n'est pas la vérité, qu'il n'y a eu de ma part aucune volonté de protéger mon père. « Je sais, Yvan, mais il sera plus crédible de le dénoncer de cette manière, sans ajouter de la haine familiale à cette affaire déjà sordide. Il vaut mieux, pour la suite de votre vie, endosser le costume du héros, de celui qui a pris à son compte les responsabilités de ce meurtre, par amour pour ses parents. Au moment du procès, ce sera moi, votre avocate, qui déciderai que votre attitude héroïque doit cesser, cela vous permettra de conserver les effets de votre geste, sans les inconvénients de l'enfermement, du moins je l'espère ; je vais tout faire pour ça… Ce n'est pas vous qui renierez vos aveux, c'est moi qui ne voudrai plus défendre un mensonge… En vous accusant, vous avez fait condamner un innocent, et en tant qu'avocate, je ne puis cautionner une telle erreur judiciaire. Vous comprenez la stratégie ? On va se battre pour votre honneur, votre liberté suivra. Maintenant que vous avez un honneur à défendre, ça marchera. Je ne suis pas sûre qu'il y a quatre ans, vous en étiez convaincu… »

Sylvain est sorti de prison, comme prévu il n'est pas venu me voir, comme prévu il ne me manque pas, je me suis fait un autre copain, il s'appelle Youssef, il aurait tué son employeur qui était sur le point d'engager des procédures de licenciement économique à l'encontre d'une dizaine de salariés, mais lui ne dit rien. Personne ne sait s'il a tué son patron pour une raison plus digne qu'un banal vol, par erreur, sans préméditation, avec sauvagerie ou en le jetant d'un pont ; à l'aide d'un couteau, ou d'un coup de fusil. Personne ne sait rien, et Youssef laisse parler. C'est souvent ce qui se passe en prison, on préfère être précédé par une réputation que par une rumeur.

J'ai voulu écrire à ma mère, pour la prévenir, pour lui dire tout ce que mon avocate avait trouvé sur mon père. C'était peut-être l'orgueil qui me poussait à prouver à ma mère, avant le procès, que je n'étais plus Yvan le faible. Je m'étais installé, sur le rebord d'un établi de la menuiserie, je réfléchissais à ce que j'allais pouvoir dire, les mots ne venaient pas facilement, je commençais à douter de l'intérêt d'une telle lettre quand une voix a gueulé : « Gourlet ! Au parloir, ton avocate veut te voir ! »

Je suis assis en face de Maître Soulerse, son regard est insistant, je me demande si elle veut m'annoncer une bonne nouvelle ou se convaincre de ma détermination à faire condamner mon père. J'ai l'impression qu'elle a compris ce que j'ai failli faire, quand j'ai pensé écrire à ma mère, mais je ne dis rien, je reste silencieux. Et puis, comme si le moment d'avant n'avait pas existé, elle me demande très naturellement :

– Au fait, je ne vous l'ai peut-être pas dit, mais nous connaissons, tous les deux, une personne qui pourrait témoigner lors de votre procès, en votre faveur.

– Ah bon ?

– Une personne dont la personnalité rendra votre condamnation injuste.

– Pourquoi vous me dites ça maintenant, Maître ?

– Parce que nous avons réuni toutes les preuves qui accusent votre père, les témoignages de ses collègues de l'usine qui ne l'ont pas vu le soir du meurtre, son absence prolongée alors que le bar était fermé, l'arme du crime… Et qu'il ne faut rien négliger, et qu'il serait donc intéressant de faire témoigner Ralf de Fambrose.

– Ralf de Fambrose, vous êtes sûre que c'est une bonne idée ?

– Il est votre pire ennemi, il l'a prouvé lors du

premier procès. Il cherche à se faire élire maire du village en regrettant que vous ayez pu échapper à la guillotine. Aujourd'hui, il utilise votre culpabilité à son profit. Demain, il faut qu'il regrette tout ce qu'il a dit sur vous à l'occasion du premier procès, et si possible en le disant devant la cour, lors du second procès. Les gens de Montespieux semblent l'apprécier, je pense que son témoignage peut participer à influencer les jurés. Faire d'un ennemi un allié, ça marque les esprits.

– Et pourquoi est-ce qu'il m'aiderait ?

– Parce que votre père travaille dans son usine, et que je vais prendre rendez-vous avec Ralf de Fambrose pour lui démontrer qu'il s'est trompé de cible, qu'il s'est trompé de Gourlet.

– Il me croit coupable, et après m'avoir autant accusé, je ne le vois pas subitement se contredire.

– En témoignant en votre faveur, il ne vous aidera pas, mais il se préservera d'un scandale : celui d'avoir contribué à faire condamner un innocent en se portant partie civile. Imaginez que certains journalistes se posent la question de savoir s'il n'a pas cherché à protéger un collaborateur pour préserver la réputation de Boulonex… C'est à moi de lui faire comprendre qu'il lui faut prendre les devants, en tant que candidat à la mairie de Montespieux, sa réputation de probité est en jeu.

– Tout cela me semble si compliqué. Je ne sais pas si j'aurai le courage d'affronter tout ça.

– Si Ralf de Fambrose accepte de revenir sur ses accusations, de faire son mea-culpa, il pourrait installer le doute auprès de l'opinion publique. Mais pour le convaincre, il faut lui révéler ce que nous avons trouvé sur votre père, lui montrer comment cette enquête a été menée, et le persuader que le vrai coupable est en liberté. Il faut que nous lui démontrions que l'inspecteur Grochard n'avait qu'un seul objectif : vous faire avouer, sans se soucier de la vérité. Il faut que nous vous présentions comme un héros qui aurait choisi d'avouer un crime qu'il n'a pas commis pour protéger son père. Oui. Il faudra convaincre Ralf de Fambrose de votre innocence, car cela signifiera que l'on pourra convaincre les jurés. Car si c'est à cause de votre père que vous êtes ici, c'est aussi grâce à lui que vous sortirez, tout simplement parce qu'il est salarié de Boulonex, et que son PDG devra se demander s'il ne s'est pas trompé de Gourlet pour conquérir la mairie. Être le patron d'un tueur d'enfant ne serait pas bon pour son image, s'être acharné sur vous, non plus. » Maître Soulerse est partie en me disant : « Je vous quitte rassurée, je savais que j'avais eu raison de m'intéresser à votre cas. »

Un matin, je reçois un courrier de mon avocate. Un courrier qui me dit de ne pas m'inquiéter, que la date du procès va bientôt arriver, dans quelques mois, et qu'il faut que je me prépare à une visite, qu'elle me conseille de refuser, celle de mon père.

Toussaint, à qui je parle peu, et qui ne semble plus supporter son emprisonnement, me sollicite régulièrement pour que je lui donne de l'argent, il a besoin de drogue, c'est ce qu'il me dit. J'ai toujours refusé de l'aider à se fournir, et comme il ne semble avoir que moi, comme ami, il me confie que si tout cela continue il va devoir se suicider et que j'aurai sa mort sur la conscience. Je n'ai pas eu le temps de lui répondre, on m'a appelé au parloir, j'ai oublié les conseils de mon avocate, j'ai oublié que ce pouvait être mon père qui était venu me voir, j'ai dit à Toussaint de me laisser tranquille, de ne plus me faire ce genre de chantage, et j'ai suivi le surveillant jusqu'au parloir.

Mon père ne m'a pas salué, je n'ai moi-même pas osé

lui dire bonjour, on est restés debout, bêtement, l'un en face de l'autre, et je l'ai écouté me dire :

– Tu es au courant que mon patron croit que je suis le meurtrier de Romain Barral ? Tu le sais, qu'il m'a convoqué, qu'il a voulu me parler, et que même le syndicat de l'usine ne me soutient plus ? Tu le sais qu'on commence à parler de moi comme on parlait de toi quand la police est venue t'arrêter ? Tu le sais que j'ose plus bouffer à la cantine, à cause des regards ? Que je vais plus au bar ? Que même mes potes ne veulent plus me voir ? Tu le sais que tu as gâché ma vie ?

– C'est à cause de mon avocate.

– Je sais ! Elle est venue parler à mon patron, un type à elle a questionné le patron du bar et, depuis, on me considère aussi coupable que toi ! C'est pas normal, l'accusé c'est toi, j'ai rien à me reprocher !

– C'est toi qui m'as élevé, moi non plus je n'ai rien à me reprocher.

– Et alors ? C'est pas la faute des parents, si les gosses sont pas comme il faut. Tu as pensé à ta mère ? À la peine que ça lui fait, qu'on pense que son mari a peut-être commis un meurtre, le meurtre d'un gosse en plus ?

– Et à la peine que ça lui fait, de savoir que son fils est en prison…

– M'oblige pas à dire ce qu'on pense de toi, et de tout ce que tu nous fais subir depuis des mois.

– J'y suis pour rien dans ce qui m'arrive…

– Alors dis à ton avocate de le prouver, plutôt que de me chercher des poux. C'est pas en faisant de moi le coupable idéal que tu sauveras ta conscience.

– Mon avocate, comme tu dis, elle a trouvé des trucs sur toi, des choses que t'aurais faites dans le Sud.

– Elle a rien trouvé, elle a fait qu'inventer, elle a questionné mes anciens patrons, qui m'ont appelé, qui m'ont engueulé de leur faire une mauvaise réputation. En plus de ça, on est convoqués, avec ta mère, à une expertise psychiatrique, nous ! Alors que le dégénéré, c'est toi !

– Tu peux refuser d'y aller, c'est ton droit.

– Pour que l'on me prenne pour un vrai fou ? Jamais ! Je vais tout leur dire, et ils vont mieux comprendre le calvaire que ça a été, de devoir se coltiner un fils pareil. Et puis, on a la preuve que le problème, c'est toi !

– La preuve ? Quelle preuve ?

– Ton frère ! Lui, au moins, il est normal, c'est donc pas notre problème si t'es pas comme il faut, c'est pas notre problème !

– Faites comme vous voulez, moi je ne décide rien, c'est mon avocate qui s'occupe de tout. Et si elle pense que je vaux le coup d'être défendu, c'est que je ne suis pas si mauvais que ça.

– Je te préviens, Yvan, tu vas contacter ta putain d'avocate, et tu vas lui dire que je connais du monde, des types pas bien, qui lui feront la peau si elle continue à fouiner sur mon dos, t'entends ? Tu me comprends bien ?

Et puis mon père s'est levé, il a demandé à sortir, et le surveillant lui a dit de se calmer, que c'était pas sympa pour les détenus de se laisser aller comme ça, qu'il fallait qu'il fasse preuve d'un peu plus de respect à l'égard de ceux qui allaient rester enfermés, alors que lui il serait dehors, en liberté. Mon père a voulu répondre, mais le surveillant lui a demandé de sortir, et mon père s'est échappé. Quand je suis sorti du parloir, Toussaint est venu me demander : « Alors ? Et pour ce que je t'ai demandé, tu as décidé quoi ? » Je lui ai répondu que ce n'était pas en me faisant du chantage que je lui donnerais son pognon. Je lui ai précisé que son suicide, je n'en avais rien à foutre, parce que moi j'avais de bonnes raisons de me suicider, mais que j'avais le courage d'assumer.

– Toi ? Assumer ? Laisse-moi rire, je connais pas plus lâche que toi !

– C'est pas une preuve de courage de ne pas se foutre en l'air quand on a toutes les raisons de vouloir en finir ?

– Non, c'est pas une preuve de courage, c'est une preuve d'autre chose, une preuve qu'on aime ça.

– Qu'on aime quoi ?

– Souffrir.

Mon avocate n'a pas aimé que mon père soit venu me voir, elle aurait préféré que Ralf de Fambrose soit plus discret. Elle espère que cela ne remettra pas en question sa stratégie de défense. Elle a écrit sur un morceau de papier une date. Elle m'a demandé de me souvenir de ce qui était écrit sur le papier :

– C'est la date de votre procès. À partir d'aujourd'hui nous ne nous verrons plus, vous refuserez toutes les visites, vous ne lirez pas la presse, vous n'écouterez pas les infos à la télévision, vous éviterez toutes les discussions relatives à votre procès, vous vous consacrerez à cet unique objectif : faire de vous un homme présentable, qui va devoir attirer la sympathie et non plus la pitié ou la peur.

– Et si ma mère veut me voir ?

– Refusez toutes les visites. Votre mère, si vous devez la revoir, ce sera dehors. Le Yvan Gourlet qu'elle retrouvera ne sera plus son fils, mais un homme libre.

– Et si je craque ? Et si je ne résiste pas ?

– Vous ne craquerez pas. Vous allez vous consacrer à vos routines, et tout ira bien.

– J'ai envie de vous faire confiance. J'espère que je ne vous décevrai pas…

– Ça m'étonnerait, vous partez de tellement bas qu'un simple petit sursaut suffira.

J'ai donc fréquenté assidûment la salle de sport de la prison, j'ai continué de fabriquer des meubles à la menuiserie, j'ai continué d'encaisser de l'argent grâce aux commandes du directeur, j'ai oublié l'enfermement, j'ai même oublié pour quoi on m'avait condamné, j'ai bien dormi, j'ai fait la rencontre de quelques nouveaux camarades, Toussaint s'est suicidé, et j'ai appris à encore mieux me connaître pendant quatorze mois.

Cela a été le délai qui m'a séparé du second procès. L'année 2006 a été celle de l'appel. Mon avocate a été efficace, et j'ai répondu à ses attentes.

Ralf de Fambrose, qui avait été mon adversaire le plus virulent, avant, pendant et après mon premier procès, qui était le président de l'association à qui le président de la cour d'assises avait donné la parole, et qui avait utilisé ma condamnation initiale pour tenter de conquérir la mairie de Montespieux, est devenu, grâce au talent de persuasion de mon avocate, l'un des partisans de ma libération. Lors du septième jour du procès en appel, il témoigna sans faillir à la barre pour s'excuser de s'être laissé convaincre par facilité que mes aveux ne m'avaient pas été extorqués. Il a évoqué la présomption d'innocence, celle dont bénéficierait mon père, et il a évoqué la mienne, que l'on m'avait retirée trop vite. Ralf de Fambrose avait ensuite conclu son témoignage par ces mots : «Je suis convaincu de l'innocence d'Yvan Gourlet, et admiratif de son courage et de son sens du sacrifice, mais je suis inquiet. Très inquiet, en tant que candidat à la mairie de Montespieux, de savoir que le meurtrier est toujours en liberté. J'espère donc que la justice saura très vite se remettre en question et admettre son erreur, pour appréhender le véritable meurtrier du petit Romain Barral, sans avoir besoin de fabriquer un aveu, comme on fabrique une preuve. »

Les experts psychiatres ont consacré beaucoup de temps à évoquer les profils psychologiques de mes parents ; indirectement, c'est du mien qu'ils parlaient. Ils insistèrent sur le climat de précarité affective dans lequel j'avais grandi : « Yvan Gourlet a éprouvé durant toute sa jeunesse, et dès le début de son adolescence, un sentiment d'inconfort affectif malgré les attentions étranges que lui prodiguait sa mère, qui avait une passion peu commune, celle de sculpter le beurre. Le beurre, cette substance hautement symbolique, qu'elle façonnait quotidiennement, et qu'elle donnait ensuite à manger à son fils, comme un rituel, celui de faire revivre en lui les indices de la consécration, tout ce qu'elle avait espéré à sa naissance. Le beurre est un élément essentiel du sacrifice. C'est ainsi qu'en espérant prolonger son fils, elle prolongeait l'espoir, tout en sacrifiant son évolution mentale. Elle le détruisait en fait à petit feu, en sabotant son développement psychique. »

Ce coup-ci, mon frère a bien été obligé de venir parler devant la cour. C'est mon avocate qui a insisté, moi je ne voulais pas, j'avais trop peur d'être ému de le revoir, lui qui n'était jamais venu me rendre visite à la prison. Je l'avais sorti de ma tête, le souvenir de mon frère, et je n'avais aucune envie de prendre le risque, en le revoyant, que d'autres souvenirs surgissent, des souvenirs qui m'auraient fait regretter d'avoir accusé mon père. Mais ce qu'il a dit m'a aidé, au contraire, à ne pas m'en vouloir : « J'avais conseillé à Yvan de quitter la maison de nos parents. Moi, c'est ce que j'ai fait. C'est pas un problème de manque d'amour que j'ai ressenti, mais un problème de savoir-faire. Je pense que mes parents ne savaient pas comment s'y prendre avec nous, c'était pas de la méchanceté, mais de l'incompétence. Je dis pas que si Yvan avait fait comme moi, si Yvan était parti, Romain Barral serait encore en vie, mais je dis qu'on peut se poser la question. » Et puis mon frère était parti, sans me regarder. Il avait peut-être, lui aussi, sorti son frère de sa tête, et sa tranquillité passait par l'oubli de cette partie de notre vie. L'expert psychiatre avait conclu, après le témoignage de mon frère : « Élever des enfants, c'est autre chose que simplement les éduquer. Pour certains parents, cette notion d'élévation n'a pas de sens, elle ne correspond pas à ce qu'ils pensent de la vie, qui ne peut s'appréhender comme une chance, comme une opportunité, mais comme une punition. Alors on courbe l'échine, on accepte sa condition, et on ne transmet rien d'autre que cette culture de l'échec. Il faut que l'enfant soit doté d'un certain caractère pour se libérer de la gangue de rancune que ses parents auront constituée inconsciemment autour de sa destinée. Un caractère dont n'était pas pourvu Yvan Gourlet. » Mes parents n'étaient pas visibles, dans la salle d'audience, ils ne pouvaient donc pas entendre les démonstrations des psychologues, et de mon avocate, qui faisaient de mon père un coupable potentiel et de son fils la victime parfaite. Les jurés, à la fin du procès, n'allaient plus devoir se prononcer sur la culpabilité du meurtrier d'un seul enfant de huit ans, mais de deux gosses. J'étais l'un d'eux.

J'ai été libéré grâce à tout ce que mon avocate avait mis en place, j'ai été reconnu victime de mon héroïsme, celui d'avoir voulu protéger mon père et, contrairement au premier procès, à l'issue duquel je m'étais penché vers mon avocat pour lui demander : « Ça veut dire quoi, perpétuité ? », je n'ai pas eu besoin de demander à Maître Soulerse : « Ça veut dire quoi, acquitté ? »

Ralf de Fambrose est le nouveau maire de Montespieux-sur-la-Dourde. Il a été élu en mai 2006, suite à la démission d'Albert Martinon. La ville de Montespieux est devenue une cité retranchée, la nouvelle municipalité a doté la ville d'équipements qui ressemblent à ceux que j'ai connus en prison. Le seul parti qui s'oppose à Ralf de Fambrose dit que la ville a cédé au syndrome Gourlet mais tout le monde s'en fiche, le contexte semble plus favorable au repli sur soi qu'à l'ouverture d'esprit. La Dourde pue beaucoup moins, et il est même prévu d'en faire une aire nautique pour les gosses du village. Les toits des maisons sont maintenant tous pourvus de tuiles qui brillent, depuis qu'une nouvelle usine d'assemblage de panneaux photovoltaïques, fabriqués en Allemagne, a été construite, à côté des autres usines qui continuent de polluer, même si cela se sent moins. Un récent sondage d'opinion plébiscite les initiatives du nouveau maire et relègue l'ancienne municipalité au rang des mauvais souvenirs. Le village est de nouveau riche, comme à l'époque du charbon. La seule différence, c'est que ce n'est plus du sous-sol que provient la richesse, mais du ciel.

L'inspecteur Rémy Grochard a été muté dans une petite ville du sud de la France, et c'est l'inspecteur Daniel Morlat qui a mené l'enquête qui a concerné un autre Gourlet. Mon père a été arrêté, et condamné sans discussion à la prison à perpétuité. J'ai assisté au procès, suffisamment près de l'accusé pour qu'il voie dans mes yeux un autre fils, un étranger, et qu'il comprenne qu'il n'y avait pas que la rancune qui m'avait conduit à le faire condamner, mais également la naissance prochaine de mon fils, pour qui je souhaite le plus parfait bonheur, dans un monde où les méchants seront mis à l'écart de la société. Mon fils s'appellera Pierre, ma femme est d'accord, son grand-père s'appelait ainsi, et c'était un homme valeureux et généreux. Moi, c'est pour une autre raison que je veux que mon fils s'appelle Pierre ; je souhaite que, dès le début, dès la naissance, il comprenne que la vie est un boulet qu'il faut savoir porter, et supporter, comme une pierre. Je ne veux pas que mon fils soit surpris si tout ne se passe pas comme prévu. Je l'imagine, ce petit homme, quand je l'accompagnerai à l'école. C'est moi qui lui ferai signe de loin, et c'est lui qui me regardera comme un copain qui s'éloigne. J'espère qu'il s'agrippera au grillage en pleurant : « Papa, papa ! Ne me laisse pas... » Le genre de phrases que j'aurais aimé dire à son âge... Mais mon père ne m'emmenait jamais à l'école, il était donc impossible de le supplier. J'ai demandé à ma femme si elle me trouvait beau, moi qu'on a toujours vu laid. J'ai tellement besoin qu'on me dise que j'ai changé, que je suis un autre homme, que la prison m'a fait renaître. Quand je la regarde, je ne regrette pas d'avoir souffert, puisque j'apprécie de ne plus souffrir. Je lui rappelle qui je suis, et que je n'ai pas de volonté, que je me laisse souvent dominer par faiblesse. Ma femme me rassure, elle dit qu'elle me connaît, et que ce que je suis lui convient.

Ralf de Fambrose, le maire de Montespieux-sur-la-Dourde, m'a invité officiellement à une cérémonie, à la mairie. Il souhaite que je sois là pour entendre la proposition qu'il soumettra au vote lors du prochain conseil municipal : « J'ai la volonté de définitivement éradiquer ce monticule maudit, ce lieu de triste mémoire, et de rendre à la Dourde sa clarté, son innocence originelle, sa pureté. Je vais suggérer la création d'un parc de loisirs à la place de ce terrain vague. J'ai pensé à la création d'un parc de jeux pour enfants. Je remercie notre concitoyen, Yvan Gourlet, de nous faire l'honneur de sa présence, lui qui aura vécu une épreuve que je ne souhaite à personne de subir. Après plus de cinq ans de prison, et en tant que premier magistrat de Montespieux, je souhaite aider Yvan à se réinsérer dans la vie de notre village, et dans la vie tout court. Je propose que nous profitions de ses compétences afin que ce soit lui qui conçoive et fabrique tous les jeux du parc qui seront destinés à nos enfants. Il sait travailler le bois, il est donc légitime de lui confier ce travail, j'espère qu'il acceptera cette offre comme un signe d'apaisement et de pardon. Yvan va bientôt être le papa d'un petit garçon, alors je souhaite que le conseil municipal me suive et permette à ce futur petit Montespieulais de vivre dans de bonnes conditions et de pouvoir s'amuser sur les manèges en bois que son papa aura fabriqués. »

Après la réception, à la mairie, nous avons regagné notre domicile en voiture, un véhicule prêté par la société Boulonex, en attendant que je gagne normalement ma vie. Nous logeons, ma femme et moi, dans la maison de ma grand-mère, qui est morte quand j'étais en prison. Cela restera mon regret éternel, celui de ne pas l'avoir accompagnée au cimetière, dans sa dernière demeure, moi qui sais l'importance symbolique d'une vie enfermée entre quatre murs. J'ai freiné devant la maison, je suis allé ouvrir la portière de ma femme et elle m'a demandé : « Tu ne restes pas ? » Je lui ai répondu ceci : « Il me reste une chose à faire, avant que définitivement ma nouvelle vie ne commence : aller parler à ma mère… » Ma femme ne comprend pas que je puisse éprouver le besoin de parler à ma mère, et elle me le dit : « C'est elle qui a menti pour protéger son mari, c'est elle qui t'a mis dans cette situation impossible qui t'a conduit à inventer ces aveux. C'est elle qui t'envoyait fouiller dans les poubelles des cantines, comme si c'est une chose à demander à son enfant. C'est elle qui n'est venue te voir qu'une fois en prison, en cinq ans de détention. Et c'est elle, enfin, qui a refusé de faire appel du jugement du premier procès, qui n'a plus voulu payer l'avocat. Et malgré tout ça, tu veux aller lui parler ? Non, vraiment, je ne te comprends pas. » Ma femme aurait sûrement préféré que je lui dise qu'il était temps que nous nous occupions de nous, que nous envisagions l'avenir, avec notre enfant, que nous évoquions les travaux à faire dans la vieille maison de ma grand-mère, puisque j'allais enfin avoir un travail et de l'argent à investir, et que ma mère n'avait rien à faire dans cet avenir. Je lui aurais répondu qu'il n'était pas question d'investir l'argent de la mairie à Montespieux, parce qu'il n'était pas question de finir ma vie comme mes parents. Je lui aurais dit que je ne voulais pas prendre le risque de vivre comme eux, dans un décor identique, parce que j'aurais bien trop peur de commettre les mêmes erreurs et de conduire mon fils en enfer. J'ai préféré lui dire que cette visite chez ma mère était nécessaire, parce que c'était toujours comme ça, quand on partait pour un grand voyage, on disait toujours adieu aux gens que l'on aimait. Ma femme ne m'a plus rien dit, elle m'a embrassé en caressant son ventre, et j'ai compris que c'était pour cela que je l'aimais, parce qu'elle n'insistait jamais.

Je me suis donc retrouvé, cinq ans après, et bientôt père d'un petit garçon, au numéro 155 de l'allée des

Prés. J'ai sonné, j'ai guetté les rideaux qui allaient bouger, comme ils avaient toujours bougé, quand quelqu'un sonnait à notre porte. Je savais que ma mère était chez elle, et je savais qu'elle ne m'ouvrirait pas, alors j'ai franchi le portillon et j'ai cogné sur le bois écaillé de peinture grise de la porte d'entrée. Elle m'a enfin ouvert, et m'a regardé avec une haine prévisible. Elle m'a dit : « Tu sais que ton frère te cherche, qu'il veut te faire la peau. Il n'accepte pas ce que tu as fait. On peut tuer un père, à la rigueur, mais on ne l'enferme pas comme une bête dans une cage… » Je lui ai répondu que je n'étais pas venu pour parler de ça et que j'avais prévu de le rencontrer, mon frère, afin de bien tout lui expliquer. Ma mère m'a demandé : « Alors pourquoi tu es venu me voir ? » J'ai humé pour la dernière fois cette odeur d'humidité caractéristique quand elle faisait sécher son linge, cette même odeur qui m'avait accueilli pour ma première nuit en prison, et je lui ai dit :

– Je tenais à te dire qu'on vit mieux quand on a osé dire la vérité. Toi, qui auras passé ta vie à mentir, à me cacher qui j'étais vraiment, et qui était vraiment mon père. Toi, qui m'auras refusé le droit de m'accepter, qui m'auras fait croire que tout changerait sans que je sois obligé d'agir. Toi, qui auras haï ce que je n'étais pas, alors que tu aurais dû accepter que je devienne ce que je suis. Toi, qui auras menti à la police pour protéger le père au détriment du fils. Toi, enfin, que j'ai protégée, car il faut que tu saches : mon avocate voulait révéler ta complicité dans le meurtre de Romain Barral, mais je n'ai pas voulu, je n'ai pas souhaité que tu sois citée lors du nouveau procès. J'ai préféré, à cause de tous ces mensonges, te faire vivre dans la plus intense solitude, pour ton bien. La même solitude que j'ai côtoyée durant vingt ans. C'est un cadeau que je t'ai fait, en t'éloignant de ton mari, je te donne la possibilité de vraiment savoir qui tu es.

– Parce que tu sais qui tu es, toi ?

– Parfaitement, je suis celui qui a dit la vérité.

J'ai quitté la maison. Je n'ai plus rien cherché à dire. J'avais tout dit. J'ai roulé un court moment et je suis passé devant le lotissement aux villas modernes, le lotissement dans lequel vivent Ralf de Fambrose et sa famille. La plus grande villa, c'est la sienne, elle est entourée des autres maisons, comme des remparts, ce sont celles de ses collaborateurs les plus proches, et de son banquier. Je n'ai pas baissé les yeux, comme je faisais avant, j'ai regardé avec la conviction de faire partie du même monde que les autres. J'ai vu au loin le monticule de terre qui allait bientôt être rasé pour accueillir un parc de jeux pour enfants, et je me suis souvenu de mes visites dans les poubelles des usines, je me suis rappelé ces moments comme faisant partie des souvenirs d'un homme disparu. Je suis passé, en ralentissant la voiture, devant le talus derrière lequel j'avais tué ce petit con de Romain Barral qui se moquait trop souvent de moi, en utilisant un outil de mon père, l'arme qui l'avait condamné. Je suis passé devant cette montagne de terre en ne reniant rien de ce que j'avais fait, ni rien de ce que j'avais dit, puisque c'était la vérité : j'avais eu ce courage, de prendre le risque d'avouer un crime que j'avais commis.

DU MÊME AUTEUR

Aux Éditions Albin Michel

RESSOURCES INHUMAINES, 2015.

Composition : IGS-CP
Impression : CPI Bussière en décembre 2016
Éditions Albin Michel
22, rue Huyghens, 75014 Paris
www.albin-michel.fr
ISBN : 978-2-226-32879-3
N° d'édition : 22283/01 – N° d'impression : 2025280
Dépôt légal : janvier 2017
Imprimé en France